お見合い代行のお相手は、我が社のハイスペCEOでした。

広いベッドの上でもつれ合いながら服を剥《は》ぎ取られ、深いキスをする度《たび》に、ピンと張られていたシーツに波紋のような皺《しわ》が出来ていく。

「……綺麗だよ。とても綺麗だ」

綺麗なのは貴方の方だと言いたくなるほど端整な顔立ちに、ジムに通っているのだろうか、細すぎず引き締まった彫刻のような美しい体。

そんな彼に、まつ毛が触れるほど近くで、キスの合間に教え込むように囁かれると、私の心臓はドキンと大きく音を立てる。

けれど壁際を足元から天井に向かって照らす間接照明と、僅《わず》かな気配にすら揺らぐキャンドルの淡い光に晒《さら》された自分の肌に目がいくと、それが私を急に現実に引き戻す。

「ごめんなさい、私……」

薄くなった醜い傷痕に彼の指が触れた瞬間、ずるりと記憶が引き摺《ず》り出され、ギュッと目を閉じて無意識に身を硬くしてしまう。

「大丈夫だよ」

行き場を失ってシーツを掴んでいた私の手を、彼の大きな手は優しく拾い上げた。指を絡めつつ口元に引き寄せて、冷たくなった指先にそっとキスをする。

「緊張してるのかな」

彼はそう呟いて、手を握ったまま指の背で私の頬を優しく撫でる。

（緊張、してないと言えば嘘になる）

これでも私は他人の肌の温《ぬく》もりを知らない訳じゃない。

だけど愛なんてものが、この世にあるとは思っていなかった。いや、そんなものは無いと信じて疑わなかった。

――親に愛されなかった過去。

だから私は、私を否定しながらしか生きてこられなかった。

「震えは治まったみたいだね」

それなのにこの腕の中は酷く安心する。生きていていいのだと、私を認めて良いのだと、この人が与えてくれる温《ぬく》もりが愛なのだろうと、私はすっかり心すらも委《ゆだ》ね始めている。

「ごめんなさい」

そして思い知った。

愛情欲しさに、易々と体を明け渡してしまった浅ましい過去に、どれだけもっともらしい理由をつけたところで、純潔には戻れない。

「ごめんなさい」

「どうして謝るの」

だからこんなにも優しい腕に抱かれて、初めて自分の愚かさに気が付いて、恥ずかしさで消え入りたくなった。

「私、私は……」

「怖いのなら、ただ抱き締めて眠ろうか」

「そうじゃないんです。ただ、私は貴方が思ってるような女じゃないから」

「君が感じることを、そうじゃないなんて軽々しく否定は出来ないけど、君がそう感じて辛いなら、俺は君に少しでも好きになってもらえたってことかな」

「それは」

「俺は君が君だから好きなんだよ」

囁かれる声は優しくて、どこまでも甘く、今になって色んな理由をつけて自分を軽く扱ってきたことを後悔する。

「あの、私……」

「ん？」

「私、貴方が初めてじゃ」

「俺のベッドで、その話するの」

「ごめんなさ……」

静かな怒りを孕《はら》んだ低い声にビクッとして、咄嗟《とっさ》に謝罪を口にしようとした私の声に被せるように、彼は気まずそうに苦笑する。

「違うよ。これただのヤキモチだから」

「え」

「俺は嫉妬《しっと》でおかしくなるくらい、君のことが大好きなんだよ」

真剣な眼差しが私を射貫く。彼はこんな私を本気で好きでいてくれる。

怒って見えたのは、私にそこまで執着しているからなのだと分かった途端、胸の奥が熱くなって羞恥《しゅうち》と劣情が一気に大きくなっていく。

「君のことが大好きだよ」

見つめ合う瞳が、私の心の奥底に語りかけるように静かに呟くと、ゆっくりと彼の唇が私の唇に重なって、固くなった体から徐々に力が抜けていく。

「好きだよ、沙矢《さや》」

ただ名前を呼ばれただけなのに、どうしてこんなにも泣きそうになるくらい、胸の奥を締め付けられるように強烈に響くんだろうか。

「沙矢」

まるで生まれて初めてキスをするみたいに、ドキドキ心臓の音がうるさい。こんなにも優しい彼に抱かれる自分を、いい加減、自分自身で愛して受け入れる覚悟を決める。

「好き……です、貴方が好きです」

「うん。俺も沙矢が好きだよ」

キスは唇から離れて首筋に移動して、されるがままに顎《あご》を少し上げ、彼に身を任せる。

彼とこんな風に過ごす時が来るなんて、出会った経緯を思えば、あり得ないことだったのに。

◆◆◆

小さな頃、母が連れていってくれるお芝居やミュージカルを観るのが大好きで、いつしかその中で私以外の存在になりたいと思うようになった。

最初は煌《きら》びやかな世界への憧れが強かったけれど、いつからか、きっと舞台になら自分の居場所があるって信じていたんだと思う。

小学校の学芸会は主役じゃなくても全力で取り組んだし、中学も演劇部で必死に頑張って、高校は夜学だったけど同好会で演劇を続け、賞を取ったりもした。

だからこそ舞台に立てば、自分はそこにいていいんだという安心感が芽生えた。

そして奨学金で進学した大学では、サークルじゃなくて外部の劇団に入って、時間を作り色んなワークショップにだって参加した。

だけど現実は非情で、どんなに頑張っても生まれ持った見た目は華やかにならないし、舞台映えするほど背も伸びない。また、頑張れば頑張るほど嘘臭い芝居だと指摘されるようになっていった。

それは私自身に、中身がないことが関係してるのかもしれない。

鈍臭くて不器用で大根役者の自覚はあったので、二年前、二十六になってようやく夢に区切りをつけるつもりで今の会社に契約社員で就職した。

　しかし演じることは私の全てで、それを失うのは正直怖くて堪《たま》らなかった。そしてやっぱり芝居を諦めきれなくて、実は小遣い稼ぎを兼ねた副業をしている。

　ここはそんな私、常盤《ときわ》沙矢《さや》に、ささやかな夢を見させてくれる癒やしの場所だ。

「沙矢、お前再来週の土曜日空《あ》いてるか」

　都内某所のビルの二階、担当業務のブロックごとにデスクが並ぶオフィスで、斜め隣から急に声をかけられる。

　長めの前髪が目元を隠しているものの、ハッと息を呑むほど美しい顔立ちの男性が、こちらを見ずにパソコンと睨めっこしたままキーボードを叩いている。

「あの。それって、本気で私に週末の予定があるかもと思って聞いてませんよね」

「はは、確かにな。思ってない。空《あ》いてると思ってる」

　緩くパーマがかかった髪と、黒縁メガネがトレードマークの社長が可笑しそうに笑う。

「失礼だなあ、もう。笑うのは禁止ですってば」

　この笑顔にクラッとさせられた女性が何人いることだろうか。

「悪かったよ。いや、謝るのも変か」

「本当に失礼ですね、もういいです。それより土曜日ってことは、また前川《まえかわ》さんのお孫さんとしてお見舞いに行くんでしょうか」

「沙矢、お前何年この仕事してる。軽々しく仕事内容や顧客の名前を出すな」

「すみません。汰一《たいち》さんと二人だと気が緩んじゃって」

暦が関係ないここでは、祝日の今日も事務仕事が溜まっていた。出勤してる他のみんなは、ランチタイムでこの時間は席を外している。

「まあな、俺にとってもお前は娘みたいなもんだよ。でも仕事は仕事だ。少しの油断が大きな危険を生むんだぞ。気を付けろよ」

そう答える香川《かがわ》汰一さんは、私が所属していた演劇集団〈プリズムスコール〉の元主宰であり、この芸能プロダクション、〈オフィス・クランベリィ〉の社長を務める四十六歳の独身イケおじ。

プライベートをあまり明かしたがらないのは、バツがいくつもあるからだとか、女性にまつわる噂《うわさ》が絶えないけれど、本当の理由は別にあることを私は知っている。

「よし。沙矢、詳細を今メールした。すぐ打ち合わせするぞ」

「分かりました」

汰一さんのデスクはすぐそばなのに、業務内容がメールで送られてくるのには理由がある。

舞台俳優や声優、ナレーターが多く所属する芸能プロダクション〈オフィス・クランベリィ〉にはもう一つ『人材レンタル』業務が存在する。私の副業がそれだ。

汰一さんからのメールをチェックしていると、昼休みも終わりに近付き、ランチに出ていた社員たちがゾロゾロと事務所に戻ってきて、フロアが一気に賑やかになる。

「沙矢ちゃんお昼どうすんの」

「ちょっとまだバタバタしてて、これから打ち合わせが入ってますね」

広げた書類をファイルに戻しながら、戻ってきた他の社員と雑談しつつ、冷えてしまったコーヒーを飲み干す。

「もう、社長はすぐそうやって沙矢ちゃんをこき使うんだから」

「大丈夫ですよ。埋め合わせにエグいくらい高いお肉奢《おご》ってもらいますから」

「そうだよ、そうしなよ」

「えー、それ俺も便乗したい」

「分かる。私も」

「ははは、じゃあ今度みんなにご飯奢《おご》ってくれるように言っときます」

その辺りで会話を切り上げると、私は再び汰一さんからのメールに目を通して、内容に戸惑いながらも、手帳とノートパソコンを抱えて会議室に移動した。

「失礼します。すみません、遅くなりました」

「いいよ。あいつら戻ってきたんだろ」

「みんなで汰一さんにご飯奢《おご》ってもらう話で盛り上がりました」

「なんだそれ」

可笑しそうに笑いながらも視線をノートパソコンに移すと、汰一さんは表情をがらりと変えて、真剣な視線を私に向ける。

「さて、今回は一風変わった依頼だが、内容は把握したな」

ブラインドを下げろと言う汰一さんは、炭酸水の入ったペットボトルをこちらに差し出して少し難しい顔をする。

それはそうだろう、私だって困惑している。

「はい。だけど私で大丈夫なのか不安です」

「どうした、沙矢にしては珍しく弱気だな」

「だってこんなの、やっぱり無理があると言うか、別人なのがすぐにバレちゃいそうじゃないですか」

「弱気になるな。そのために打ち合わせしに、依頼人がこれから来ることになってる」

スマホを覗き込んで時間を確認すると、汰一さんがそう心配するなと苦笑いを浮かべる。

「沙矢なら大丈夫だから任せるんだ」

「でもお見合いの代行だなんて」

そう、今回の依頼はお見合いの替え玉だ。

〈オフィス・クランベリィ〉が請け負う『人材レンタル』は、舞台で役を演じる訳じゃなく、私たちとなんら変わらない、日々を生きる一般の人を演じる。

私の副業は、その『人材レンタル』部門で他人を演じ切ること。

「まあな、確かに見合いの替え玉なんて、普通じゃあり得ない話だけどな」

「ですよね。お見合い写真とか、釣書とか、事前にやり取りがありそうなものなのに」

「まあ、お客様の事情は様々だ。という訳で、悪いけど昼飯は来客が終わってからにしてくれ」

「はい。分かりました」

色々と不安はあるけれど、本格的な役者活動をやめた私が演じることが出来るチャンスはそう多くない。

そうして汰一さんと雑談を交えながら事前に把握出来ている内容を共有していると、約束の午後一時を二十分ほど過ぎてから、その女性はやって来た。

「ごめんなさい。初めて来るのでタクシーに乗ったら、この辺り入り組んでて道に迷ってしまって」

さして反省している様子もなく女性はそう言った。

(あれ？　地下鉄の駅から二分と離れてないし、めちゃくちゃ分かりやすい場所なのに)

女性の受け答えに少し違和感を覚えたけれど、汰一さんが発した声で我に返る。

「そうでしたか。それは大変でしたね」

汰一さんが笑顔を向ける中、来客用のお茶出しをして様子を見る。見た目で人を判断してはいけないが、かなり派手好きそうな女性だ。

「ええ。遅れてしまってごめんなさいね」

「構いませんよ。では早速ですが松永《まつなが》様、今回のご依頼を受けるに当たって、詳しい話をお伺いしてよろしいですか」

汰一さんの一声で、私はトレイをサイドテーブルに置くと断りを入れて依頼人、松永美沙希《みさき》さんの向かいに腰かけた。

「ええ、お話しさせていただきます」

そして彼女の身の上話を聞く。

今から十年前、街中で持病の発作を起こしたお年寄りを助けた女性、松永菜々子《ななこ》さんは、夫を早くに亡くし、当時中学生の一人娘を抱えたシングルマザーだった。

倒れたお年寄り、資産家の畠中悠三《はたなかゆうぞう》氏は一命を取り留め、何かしらの形でお礼がしたいと、菜々子さんの娘であり、今回の依頼人である美沙希さんの学費を援助。

しかしながら菜々子さんが病を患《わずら》い倒れてしまい、数年の闘病の末にこの春亡くなってしまったのだという。

そういった経緯があって、社会人になり自立しているとはいえ天涯孤独となってしまった美沙希さんを案じた畠中氏から、お節介とも取れる縁談が持ちかけられたそうだ。

「畠中のおじいちゃまには本当にお世話になったんですけど……」

そう言って困惑した顔をするのは、確かに無理もないかもしれない。

足長おじさんという有名な物語があるが、松永さんのこの話はそれよりも更に上をいく印象だ。

「これは以前も伺いましたが、本当に畠中様とはご面識がないんですか」

汰一さんが尋ねているのは、大学を卒業するまで学費の援助を受けていたのに、美沙希さんが畠中氏と会ったことすらないという微妙な関係性についてだ。

「……ええ。お手紙でお礼状を出したことは何度もありますが、お母さんに命を救われて好きでやってることだから、お礼も必要ないと言われたりもしました」

美沙希さんは困惑気味に口元に手を当てる。

「そんな畠中氏から、ご心配からなのでしょうが、お母様が亡くなったのを切っかけに、縁談を持ち込まれたとのことですが、普通にお断りになることは出来ないのでしょうか」

　汰一さんがそう言うのはもっともだ。

　たとえ命の恩人の娘とはいえ、学費の援助だけでもいきすぎている気がするのに、結婚相手まで
も押し付けるのは恩返しの域を超えている。

「何度もお断りしたんです。だけど見合い相手と会うだけ会ってみて欲しいって。会ってみて嫌なら断って構わないからって、どうしても取り合ってくれなくて」

　美沙希さんは疲れ切った顔でうっすらと涙を浮かべてしまった。

　慌ててハンカチを差し出すと、情けない話でごめんなさいと苦笑して溢《あふ》れそうになった涙を拭《ぬぐ》う。

「会って断っても良いなら、なぜお会いにならないんでしょうか」

「万が一にでも先方に気に入られてしまったら、お断りするのが心苦しくなるじゃないですか」

「なるほど、そういう理由ですね」

　汰一さんは聞き取った内容を、ざっくりとメモに書き残していく。

「ところでお見合いに関してですが、お相手の写真や釣書どころか、お名前すら分からないのはどうしてですか」

「それは……断り続けましたし、その手の書類を一切受け取らなかったからです」

　その言葉に、また少し違和感を覚えるけど、それよりも美沙希さんの置かれている立場を思うと同情する気持ちが膨らんでいく。

「なるほど。最初から松永様にそのお話を受ける気はないので、お相手の素性がよく分からないということですね」

汰一さんが最終確認のように美沙希さんを見つめると、彼女は気まずそうに表情を暗くして小さく頷いた。

「ご事情は把握しました。それでは今回松永様に代わって、松永様としてその場に伺うスタッフと詳細の確認を始めさせてください」

汰一さんがそう切り出して、ようやく私は美沙希さんと、彼女のプライベートについての確認を開始した。

普段よく行く場所だとか、好きな本やドラマ、ファッションはどんな雑誌を参考にしているか、ネイルに拘《こだわ》りはあるか。

普段の仕事内容や交友関係、どんな些細《ささい》なことも聞き逃さないように細かくメモを取る。

そうして彼女になりきってお見合いの場に向かう。

これが今、私が演じ続けることが出来る唯一の舞台なのだ。

◆◆◆

そして迎えた見合い当日。

美沙希さんの顔を先方は知らない。二十四歳の彼女に近付けるように、二十八歳の私には無理があるけど、出来るだけナチュラルなメイクを心がけたつもりだ。

ネイルはあえてピンクが強いネオンカラーに、白のラインを入れて少しだけ上品さをプラス。

やや厚手のオフホワイトのシアーに、ブリックピンクのツイードジャケットを羽織り、甘さを抑えるためにボトムはかっちりめの黒のワイドパンツ。

そして足元には黒いスクエアトゥのパンプスを合わせて、髪はハーフアップで毛先を巻いたウィッグを被っている。

「さて。気を引き締めてかかろうか」

パウダールームで一通り身なりをチェックし、前髪の崩れを直してからロビーに出る。

指定されたお見合い会場であるシャスタホテル東京ベイは、近年アフタヌーンティーで注目され、海を一望出来るレストランも魅力的で、デートスポットとしても有名だ。

土曜日とあって人出の多い一階のカフェラウンジを見つめていると、私と同じように『お見合い』が目的らしい人をちらほら見かけて、苦笑しながら場所を移動する。

事前の情報が乏《とぼ》しく相手が全く分からないのは凄く困る。ハンドバッグからこの日のために用意したスマホを取り出して、お見合い相手の山王《さんのう》さんという男性に電話をかけた。

一コール、二コール。

ところが呼び出し音は虚《むな》しく鳴り続き、何度かけても相手が電話に出る様子はない。

「困ったな」

呟いて次の対策を練ろうとしていると、マナーモードにし忘れていた私用のスマホが鳴った。慌ててバッグから取り出した画面には非通知の文字が表示されている。

（……え）

不意に襲ってくる恐怖で体が強張り、スマホを眺めていると、通りすがりのカップルが、二台のスマホを使い分けている私を不思議そうに見ていることに気が付いてハッと我に返る。

非通知の着信に気味の悪さを感じつつも、今は仕事に集中しないといけない。

慌てて私用のスマホを機内モードにしてバッグの底の方にしまうと、もう一度仕事用のスマホから山王さんの番号に電話をかけた。

一コール、二コール、三コール。

もう約束の時間だというのに、相変わらず山王さんが電話に出る気配はない。

（参ったな。どうしようかな）

電話を切って考えあぐねていると、今度は電話を切ったばかりのスマホに着信があり、全く知らない番号が表示された。

このスマホは依頼人と打ち合わせて、今日のために用意した電話番号だから、ここは躊躇《ためら》わずに出た方がいいかもしれない。

「はい。もしもし」

とりあえず鳴り止まないスマホをタップして電話に出ると、心地のいい、けれどどこか冷淡な声が聞こえてきた。

『突然のお電話失礼いたします。松永美沙希さんの携帯電話でお間違いないですか』

美沙希さん宛の電話ということは、もしかしてこの人は山王さんなのだろうか。

事前に確認している番号と違うのが気になるけど、美沙希さん宛なので、探るような気持ちで応対する。

「はい。松永の携帯です」

『こんにちは。本日、山王に代わって畠中さんのご紹介で、ご挨拶をさせていただくカジミネと申します』

どういうことだろうか、当日になって見合い相手が変更されたということだろうか。

会話を進めると、電話の相手はどうやら美沙希さんがお世話になった畠中氏からの紹介で間違いないらしい。

「そうだったんですね。存じ上げずに大変失礼いたしました」

『構いませんよ。その辺りの詳細は会ってお話しします。もうホテルにはお見えですか』

話が複雑になってしまったが、とにかく会わないことには話が進まない。

「ええ、一階のカフェラウンジの手前にいます。ロビーの端に電話のブースがあるのはお分かりになりますか」

『分かります。でしたら私の名前でカフェラウンジに入って待っていてください。少し道が混んでいたので、今駐車場に車を停めたところなもので』

「そうでしたか。ではお急ぎにならず、気を付けていらしてください。お待ちしております」

電話を切ると、そのままカフェラウンジに向かって、言われた通りにカジミネさんの名前で待ち合わせだと伝えて席に着く。

ホテルの駐車場ならば、あと十分ほどでこの場に本人が現れるだろう。

見合い相手が山王さんではなくカジミネさんになった理由は分からないし、どんな人なのかも不明だが、とにかく彼が来る前に見合い相手が替わったことを汰一さんに報告しておく。

メールを打ち終わってハンドバッグにスマホをしまうと、松永さんですかと、電話越しよりも更に冷淡な声が背後から聞こえて慌てて立ち上がる。

「初めまして。松永美沙希と申します」

「こんにちは。改めまして、畠中さんからお話をいただいたカジミネと言います。今日はお時間を割《さ》いてくださってありがとうございます。どうぞ座ってください」

「はい、失礼します」

お淑《しと》やかな笑みを浮かべて、相手の顔をようやくはっきりと見つめる。

すらりとしたモデル顔負けの百九十センチ以上ありそうな長身と、短く整えられた明るい栗色の髪、何よりその整いすぎた小ぶりな顔には嫌と言うほど見覚えがあった。

(なんでこんなところに……)

カジミネという珍しい苗字なのに、どうして気が付かなかったのだろう。

私の記憶が確かなら、いや、視力が極端に落ちていなければこの顔を見間違えるはずがない。

「どうかなさいましたか」

動揺して固まったことに気付いたのか、カジミネさんはソファーに腰かけた瞬間に気遣うそぶりを見せる。

「ごめんなさい。随分背が高くていらっしゃるので、つい見入ってしまったんです。不躾《ぶしつけ》でしたね」

「ああ、そうでしたか。どうかお気になさらず」

さして気に留めた様子はなく、飲み物を頼みましょうかとメニューを確認するカジミネさんの顔を再び見て確信する。

（やっぱり、間違いない）

だけど私は心の準備が出来ていない。だって彼は、私が勤務する会社の人間だからだ。

目の前でその長すぎる脚を組んで座っているだけなのに、醸《かも》し出される華やかな空気は明らかに異質で、良くも悪くも人の目を引く。

梶峰昇《かじみねのぼる》。今や経済誌から女性向けファッション誌にまで特集が組まれるほどの有名人。

彼が有名なのは、ブライダル関連を一手に取り扱い、自社が経営するドレスショップ、結婚式場やレストランを全国に十四箇所、それに加えて関東を中心に結婚相談所を八箇所展開する、〈シャォンス・ラ・マリエグループ〉の若き執行役員だからだ。

元世界的モデルという経歴まで持つ三十三歳の彼には、その若さと華やかな経歴、人を惹きつける外見から、広告塔として取材のオファーが後を絶たない。

そして何より梶峰さんは、私が本職で契約社員として勤める〈シャォンス・ラ・マリエグループ〉傘下《さんか》、〈エトワールブライズ〉のＣＥＯだ。

いくら契約社員とはいえ、社員数も少なくフレンドリーな社風なので、私の顔を知られている可能性は高い。

いつバレてしまうのかと、綱渡りをしているようで生きた心地がしないが、これも私の仕事だ。ここでバレてしまう訳にはいかないので気を引き締める。

「早速お伺いしたいのですが、本日はどうして山王さんではなく、梶峰さんがお見えになったのでしょう」

運ばれてきた紅茶の味もいまいち分からないほど動揺しているが、それはおくびにも出さずに静かな動作でティーカップをテーブルに置く。

「端的に言えば、そぐわない理由が見つかったからだそうです。山王は未婚で離婚歴もないですが、方々《ほうぼう》に認知してる子どもがいるらしいので」

とんでもない理由に、うっかり素で驚いた声を出しそうになるが、なんとか堪《こら》えて淑《しと》やかな表情を作ると、目の前で呆れますよねと呟く梶峰さんに答える。

「そうでしたのね。畠中のおじいさまは、お調べになるまでご存じなかったということですか」

「だから私に白羽の矢が立った訳です」

なんでもないことのようにそう言ってのけると、梶峰さんは背もたれに身を預けるようにして脚を組み直す。

こうして見ると、見合いの席で脚を組むのはいかがなものかと、梶峰さんに対する印象が変わる。

もしかしなくても、先方もこの見合いには乗り気ではないのではないだろうかと、邪推したくなるほど不躾《ぶしつけ》で横柄だ。

「失礼ですけど、畠中のおじいさまとはどういったご関係ですか」

「竹馬の友の孫というところですかね。身内みたいなものです」

男性にしては細く白い指が優雅にティーカップを持って口元に運ぶ仕草は、自然なのに洗練されていて思わず見惚《みと》れてしまう。

しかしすぐに我に返って、そんなに近しい間柄なら、なぜ断らないのか疑問に思う。

「随分と急なお話で驚かれたのではありませんか。どうしてお断りにならなかったんですか」

「畠中さんには恩義があるんです。今日のことは、会った上で断って良いからと頭を下げられたので」

貴方も同じような事情ではないのかとばかりに、思いもしないタイミングで鋭い視線を向けられて、差し支えない程度に苦笑いを浮かべて咄嗟《とっさ》に誤魔化す。

「そうですか。私もご恩がありますし、同じように言われてこちらに伺いました」

どこまでこちらの事情を分かっているのか、あるいは畠中さんの強引な性格から憶測して言っているのか。判断が難しいところだが、当たり障りない程度に答えておく。

「なら話は早いですね」

短い言葉に、ようやく緊張による体の強張りが解《ほぐ》れる。

「そうですね」

双方にその気がないということで、お見合いはここでお開き。顔合わせは済ませたのだから畠中氏の顔も立つ。

だけど安堵しきっていた私の耳に、信じがたい言葉が飛び込んできた。

「申し訳ないが、身代わりを寄越すような恩知らずの相手をする気はないんでね。それ以前に彼女は人としてどうかしてる。松永美沙希さんにはお断りの旨《むね》お伝えください」

「……え」

「畠中さんは孫か、あるいはそれ以上に大切に思っているようだが、事前に松永さんについて調べさせてもらったんです」

「それはどういう」

「それは貴方自身がよくご存じなのでは。〈オフィス・クランベリィ〉所属の陣野《じんの》真弓《まゆみ》さん」

陣野真弓は大根役者の私の芸名。それを口にしながら再び鋭い眼差しを向けられて、もうさすがに返す言葉がなくて黙り込んでしまった。

「二十四歳を演じるには無理があるんじゃないかな」

「なっ」

さらっと年増とバカにされたが、そんなことよりも、私が『人材レンタル』で別人になりすましているのがバレている。これはもうミッション失敗どころの騒ぎじゃない。

(完全に詰んだ)

何も考えられなくて呆然とする私に、梶峰さんは少し興味深そうに片眉を上げると、知らないようだからと松永美沙希さんの話をし始めた。

正直なところ、作り話ではないだろうかと疑いたくなるくらい、事務所にやって来て事情を話してくれた依頼人とは様子が異なる話に動揺を隠せない。

いや、それでも確かに説明のつかない違和感はあった。

梶峰さんは駄目押しするように、ホストクラブだろう場所で豪遊して高笑いしている依頼人の写真を私に突きつけた。

「依頼を受ける前に、きちんと身辺調査するべきじゃないのか」

梶峰さんはそう言い残すと、こちらが身代わりを引き受けた時点で、そこまでは期待してなかったと吐き捨て、颯爽《さっそう》とカフェラウンジから出ていった。

(参ったな。お見合いは破談に出来たけど、依頼の目的と違うもんね)

大きく溜め息を吐き出すと、私もようやくカフェラウンジを出て汰一さんに連絡を取る。

そしてホテルを出て近くの海浜公園に移動し、今日のことを反省しながら頭を冷やす。

『人材レンタル』は特殊な仕事で、ケースにもよるけれど、基本的には別人を演じていることが露見してはいけない。

なのに梶峰さんは、私が雇われた役者であることを把握していた。

(こんなの、情けない茶番じゃない)

やっぱり私は大根役者で、最《いと》も簡単に別人であることがバレてしまった。

幸か不幸か、私が常盤沙矢であることはバレてはいないようだけど、これだって時間の問題かもしれない。

「はあ……」

やるせなさで、必要以上に情けない溜め息が漏《も》れる。

「沙矢！」

そんな時、休憩スペースのベンチに座り込んで項垂《うなだ》れていた私に、汰一さんが慌てて駆け寄ってきた。

「ああ、汰一さん。お疲れ様です」

「お疲れ。それよりどういうことなんだ」

「どうもこうも、メールで報告した通りです」

依頼人の松永美沙希さんの替え玉だと先方にバレていたこと、そして私が〈オフィス・クランベリィ〉に身を置くスタッフ、陣野真弓であることまで把握されていたこと。

だけどその相手が、まさか私の本業のＣＥＯだとは言い出せない。

私が常盤沙矢だと梶峰さんにバレていないので、今のところそれに関しては伏せていてもいい気がしている。

一人で考え込む私の様子に、今回のお見合いの件で落ち込んでいると解釈したらしい汰一さんは、すぐ隣に腰かけると、私の顔を覗き込んで大丈夫かと声をかけてくれる。

「それにしても、その代理の見合い相手はどうしてそんなことを調べたんだ」

「それなんですけど、車で移動しながら話したいんです。松永さんのプライバシーに関わるので」

「なんだよ、訳ありだったワケか」

「平たく言えば」

それから汰一さんの運転する車に乗って事務所に向かう道中で、私は梶峰さんから聞かされた内容を全て報告した。

「美沙希さん、どうもヤバめな女性みたいです」

「ヤバめ？」

「重度の買い物依存もですけど、かなり強烈な一面があったみたいです」

美沙希さんは金銭感覚が重度に麻痺《まひ》している上、恋愛依存体質らしい。それは母親である菜々子さんも同じだったそうで、畠中悠三さんと菜々子さんは愛人関係にあったのだとか。

「お母様は畠中さんとは公然の間柄だったみたいで。だけど籍は入っていませんし、聞いたまま言えば、畠中さんを金ヅルだと公言してたとか」

「あー、愛人とその連れ子だったワケか」

「よく言えばそうですね」

しかし、それだけにとどまらないのが今回の話である。

「それにどうも、お見合いをすることになった切っかけが、美沙希さんの社内不倫の泥沼化らしいんです」

「なんかもう笑えないな」

「はい。聞くに耐えない話でした」

美沙希さんは勤め先の上司である樺《かば》島《しま》優《ゆう》樹《き》さんとの痴情のもつれから付き纏いをしたせいでス

トーカーとして夫人に被害届を出されていて、今回なんとかして世間体《せけんてい》を保つために畠中さんが縁談を画策。

「なるほど。結婚を控えてるからって理由で、示談で済ませようとしたってことか」

「ええ。ストーカーとして付き纏わないっていう、表明のつもりだったんですかね」

しかし最悪なことに、当初見合い相手に予定されていた山王隆也《たかや》さんは、お見合いを待たずに下心を持って美沙希さんに接触。

見た目も申し分なく、大企業に勤める山王さんに美沙希さんはすぐに入れあげたものの、美沙希さんの金銭感覚や極度の恋愛依存は、山王さんの受け入れられる範疇《はんちゅう》を超えていた。

「つまり畠中悠三さんが知らないところで、既に男女の中になった二人だったが上手くいかず、見合いするのが嫌でうちを利用したってことか」

「梶峰さんのお話では、そんなところでした。だけど美沙希さんの性格的に、今でも山王さんに会いたかったと思うんですが」

「いや、それはないだろう。彼女どうやら別に恋人がいるらしい」

「は？」

「うちの事務所に来た帰り、若い男が迎えに来ててな。事務所じゃ涙なんか見せてたが、ケラケラ笑って楽しそうに帰っていったよ。山王は金ヅルだったのかもな」

ここまで来ると、畠中さんは娘同然の美沙希さんの自堕落《じだらく》を、どうにかして軌道修正したかったのだろうと推測される。

「親の愛の空回《からまわ》りってことですかね」

「まあ俺たちは興信所でもなんでもないからな。代行の代金はいただいてるし」

「そうですけど」

「ブラックリストには入れさせてもらうよ。今回は問題にならずに済んだけど、事件にでも巻き込まれかねない顧客は困るからな」

汰一さんにご苦労さんと労《ねぎら》われて頭を大きな手のひらで撫でられながら、私は週明け本業の会社に出社して、身バレしたら厄介だなと別のことを考えていた。

うちの社風はかなりフレンドリーだ。とはいえ末端の契約社員である私のことなんて、あの多忙な梶峰さんは認識していない可能性もある。

いや、そう信じたいだけかもしれないけど。

「どうした、沙矢」

「いや、なんでもないです」

「そうか？」

結局汰一さんには、梶峰さんが私の勤める会社のＣＥＯだとは報告してない。

もちろん、本当に身バレしていたら相談するつもりはあるけど、梶峰さんは私を陣野真弓としか言わなかった。

うちの会社は副業を認めているし、なんなら私は正社員ではなく契約社員だから、なおさら咎められることはないはずだ。

だけど今回の見合い相手は梶峰さん本人だった。

だからこそ、身代わりの相手が私だったとバレないで欲しいと心底願うばかりだ。

◆◆◆

あのお見合い代行騒動の後、ビクビクしながら本業である〈エトワールブライズ〉に出社したが、やはり末端の契約社員では梶峰さんに会うどころか、すれ違うことすらなかった。

そしてその日に限らず、次の日も、そのまた次の日も、すれ違いざまにお疲れと言うだけで、梶峰さんが常盤沙矢《わたし》に気が付く気配は一切なかった。

（そりゃ、こんな私に気付くワケないよね）

だから私の中で、梶峰さんに対して完全に油断が生まれていたのは否《いな》めない。

そもそも〈エトワールブライズ〉は圧倒的に女性社員が多く、ブライダルに携《たずさ》わる美意識の高い華やかな顔ぶれの中で、私みたいな凡庸な女は良くも悪くも目立たず埋もれていると思う。

ファストファッションの色味が少ないオフィスカジュアルに、普段からほぼすっぴんで、くせっ毛な黒髪は愛想のないローポニーでまとめてるだけ。

視力は決して悪くないけれど、パソコン仕事で目が疲れるから、ＰＣ作業用のメガネをかけて、重たい前髪を下ろして左に流してある。

そんな私が、あの日の松永美沙希さんを演じた陣野真弓だと気が付くはずがない。

だからこそ私は、副業で仕事に当たる際に、当たり前に注意を払うべきところで気を抜いてしまったのだ。

ある日、陣野真弓として参加した結婚式の二次会のダイニングバー。その時までは問題なく順調にことが運んでいたのも手伝って、すっかり緊張が緩んでいた。

だけどそこに予想外の客が訪れたのだ。

新郎の学生時代の先輩だというその姿を視界にとらえた私は、あまりにも突然のことで気が動転して、うっかり彼とぶつかってしまった。

「失礼」

「ごめんなさい」

ぶつかり合った二人の口から同時に謝罪の声が出る。

だけどこの時、私は咄嗟《とっさ》のことで判断ミスをした。

「おや。どこかで聞いた声だ。これはこれは、また会ったね」

見た目ではなく私の声で気が付いたらしく、梶峰さんは感心するように私を眺めて口角を上げた。

（はあ、どうしてこうなっちゃったんだろう）

ことの発端は〈オフィス・クランベリィ〉に依頼があり、めでたく本日開催の運びとなった、依頼人ご夫婦の結婚式だ。

「美嘉《みか》さん、本当におめでとう」

「ありがとう！　こんな素敵なお式が挙げられるなんて、貴方のおかげよ」

ウェディングドレス姿の新婦とハグをすると、演技ではなく自然と涙が溢《あふ》れる。

新婦の許田《もとだ》美嘉さんは児童養護施設出身で、新郎の飯田徹平《いいだてっぺい》さんとは仕事を介して知り合った。

美嘉さんは生い立ちから親戚やご友人などとの縁が薄く、施設で過ごした頃の知人などを呼ぼうにもなかなか難しい事情を抱えていた。

徹平さんもご両親も、そんなことは気にしないと言ったそうだけど、結婚式を挙げる以上、美嘉さん側がほとんど人を呼べないことはどうしてもネックになる。

そんな時、美嘉さんは記憶にあった『人材レンタル』の利用を徹平さんに提案し、二人の結婚式で新婦の親族や友人をうちのメンバーから揃えることが決まった。

実は新婦の美嘉さんは私の古くからの知人で、彼女から相談を受けた私が、この企画を汰一さんにプレゼンしたという背景がある。

だからこそ力を注ぎ、その甲斐《かい》あって結婚式と披露宴は滞《とどこお》りなく終わり、二次会も問題なく進むかに見えた。

「常盤、受付はいいから、新婦さんと話しておいでよ」

「良いんですか。ありがとうございます」

事務所の先輩社員から声をかけられて、二次会の受付を交代して会場に入る。すると、新郎の徹平さんの友人と歓談する楽しそうな美嘉さんが見えて、私はホッと肩を撫で下ろす。

友人だけでなく、親戚や両親さえも〈オフィス・クランベリィ〉の社員ばかりの中で、美嘉さんが心から笑って過ごせるのか、唯一の知人としてはそこが気がかりだった。

「さーちゃ……真弓さん、みんなを紹介するから来て」

笑顔の美嘉さんに手招きされて、私は彼女の元に駆け寄った。ちなみに本名は伏せるようにお願いしてるので、美嘉さんは呼び間違いを訂正して苦笑している。

私は美嘉さんの知人ではあるけれど、今回は〈オフィス・クランベリィ〉のスタッフとして、『親友役』でこの会場に来ている。

リアルの知人に遭遇する事態を考慮して、私はボブカットのウィッグを被り、少しキツめのメイクにマニッシュなパンツスーツ、七センチのハイヒールを履《は》いて友人役を演じていた。

それにも拘《かかわ》らず、予期せぬ事態で再び相見えた梶峰さんに、私が陣野真弓だと認識されるミスを犯してしまったのだ。

しかし今更とは思いながらも、梶峰さんを見つめて悪《わる》足《あ》掻《が》きのように、初めて会うと思いますがと切り返す。

「シラを切って逃げるつもりかな」

「………」

今でもボイトレだって欠かさずやっている。依頼に応じて声音を変えるケースだってあるからだ。

なのに私ときたら、この二次会の会場に突然現れた梶峰さんに驚いて、声音を変えることをすっかり忘れてしまったんだから、これは完全に私の落ち度だ。

見た目だけなら誤魔化せていたに違いないはずなのに、声で気付かれてしまった。私が松永美沙希さんを演じていた陣野真弓だと。

そして陣野真弓がその仕事柄、方々《ほうぼう》に出現するのは梶峰さんだって承知していることだろう。

「今日の名前は？　貴方をなんてお呼びすれば良いのかな」

「失礼ながら、私は貴方に名前を呼んでいただくほど親しいつもりはありませんけど」

嫌みっぽく聞かれたけれど、皮肉たっぷりに笑って誤魔化せた。

「ホテルで密会した仲じゃないか」

「誤解を生む表現はやめてください」

「揶揄《からか》い甲斐《がい》のある反応だね」

「お褒めいただき恐縮です。あいにく感情表現は得意なものですから」

「なるほど。さすがは女優さんだ」

目一杯皮肉を込めて切り返したはずなのに、梶峰さんはどこか楽しそうに、握った拳で緩んだ口元を隠している。

「馬鹿にされてるのだけは、よく分かりました」

「いやいや、褒め言葉だよ」

「とにかくぶつかってしまったのはお詫びします。では私はこれで」

その場を離れようとした私の腕を、梶峰さんの手が無遠慮に掴む。

「何も逃げなくても良いじゃないか」

「逃げ……申し訳ありませんが仕事中ですので」

「へえ、仕事中なのか」

愉快そうに口元に弧を描く梶峰さんの勝ち誇ったような顔を見て、しまったと思っても遅い。つい口を滑らせて、余計なことを言ってしまった。

そもそも『人材レンタル』は守秘義務があって、第三者にこんなことを知られてはいけないのに。

「どうかした？　顔色が悪いようだけど」

私の顔を覗き込む梶峰さんに、貴方のせいでしょとは言えるはずもなく、片手で頭を抱えながら、お気遣いなくともう片手を上げて深呼吸する。

「ここにいらした本来の目的をお忘れですか」

「もちろん後輩の結婚を祝いに来たんだよ。だけどもっと興味を引く出来事が起きたからね」

新郎の徹平さんの学生時代の先輩にあたる梶峰さんが、二次会も終盤になって会場へお祝いに駆け付けたことで、事態が一変するとは思わなかった。

「私なんかに構ってないで、新郎にご挨拶されてきたらどうですか」

「俺は君に興味がある。是非とも話がしたい」

「はい？」

「それとも、君がここへは仕事で来てると吹聴して、会場の話題作りに貢献した方が良いかな」

そんなことをされてしまっては、美嘉さんの生涯でたった一度の、せっかくの晴れの日が台無しになってしまう。

「……話をすれば良いんですね」

「おや。俺と会話する気になってくれたのかな」

「いいえ。脅しに屈するだけです」

「はは。なかなか一筋縄ではいかないらしい」

嫌みを返したつもりなのに梶峰さんは楽しそうに笑うと、有無を言わさず私の腕を取り、新郎の徹平さんの元に向かって歩き始める。

「ちょっと、あの」

「君という知人と偶然会ったから、会場を抜け出すには良い口実になるだろ」

「会場を抜け出すって」

「ああ、仕事中なら、君の方でも『報告』が必要になるのかな」

梶峰さんは不意に辺りを見回すと、どこかに仕事仲間がいるのかなと可笑しそうに笑って、逃げ出さないなら構わないよと余裕たっぷりに私のことを見下ろす。

「……逃げも隠れもしません。ただ、仰《おっしゃ》る通り報告は必要なので、腕を放してもらえませんか」

このまま徹平さんや美嘉さんの前に行けば、またボロが出て私が陣野真弓ではなく常盤沙矢だとバレ、果ては梶峰さんがＣＥＯを務める〈エトワールブライズ〉の社員であることもバレかねない。

それだけは避けたいので、報告のために電話をかけさせて欲しいと言って梶峰さんから離れると、会場を出てすぐ汰一さんにメッセージで連絡を入れる。

梶峰さんは『人材レンタル』の大根役者である陣野真弓に興味があるようだけど、そんなに興味を持たれても困ってしまう。

どうしたものかと、汰一さんからの返事を待っていると、メッセージではなく電話が鳴った。

「もしもし」

『どうした沙矢、緊急事態って何事だよ』

「それが実は……」

私は梶峰さんとの再会や、彼が本業の会社のＣＥＯであることを掻い摘《つま》んで説明し、今日ここにいることが仕事だと口を滑らせてしまったことを汰一さんに謝罪する。

「ごめんなさい汰一さん。本当にバラすだとかはないと思いますが、念のためにお話に付き合うしかなさそうでして」

『会社で気付かれたそぶりがないからって、彼は本当にお前が社員だと気付いてないのか』

「どうでしょう。それを確認するためにも、要求を受けようと思ったんですけど」

『まあ、今はそれしか手段がないだろう。話は分かったが、変な方向に話が逸れたらまた連絡してこい。いいな、一人で解決しようとするなよ』

「分かりました」

思いの外《ほか》長くなってしまったやり取りを終えて電話を切ると、ドッと疲れが押し寄せて大きな溜め息が出る。

本業の〈エトワールブライズ〉には、きちんと副業の申請もしてるけど、副業内容はあくまでも事務員になっているので、陣野真弓に関してはあまり触れたくない。

梶峰さんのことで頭を悩ませていると、手に持ったままだったスマホが震えて着信を知らせた。

汰一さんが何か言い忘れたのかと画面を見て、非通知の文字に体が固くなる。

「……え」

そう言えば、梶峰さんとの代行お見合いの日もこんなことがあった。

言い知れない恐怖で震え始めた体を、不安ごと押し込めるようにギュッと自分で掻き抱くと、しばらく震え続けていた電話が止まった。

（こんな短期間に二回も？　ただのかけ間違いと思っていいのかな）

思い当たることが全くない訳じゃないのが余計に不安を掻き立てて、額に脂《あぶら》汗が滲《にじ》んでくる。

「そこにいたのか」

「いやっ！」

背後から不意に声をかけられて、恐怖から身を守るように蹲《うずくま》る。すると、一体どうしたのかと焦った様子で人影が隣にしゃがみ込んだ。

ふわりと漂《ただよ》うラベンダーのようなフゼアノートの匂いは、ついさっきまでそばにいた人の香り。

「陣野さん、何かあったのか」

気遣うように顔を覗き込まれ相手が梶峰さんだと分かると、今度は自分の取った行動を思い返して、羞《しゅう》恥《ち》心《しん》で顔を上げられなくなる。

「やだ私、本当にごめんなさい」

「大丈夫なのかな」

「はい。なんでもないんです」

はぐらかすように苦笑しながら立ち上がると、急に立ち上がったせいか貧血のようにくらりと眩暈《めまい》がしてバランスを崩す。

「おっと」

不意に逞《たくま》しい腕に抱き留められて、爽やかなのにスパイシーなフレグランスの香りが一層濃くなった。不用意に触れられたにも拘《かかわ》らず、おかしなことに安堵感があって自分の心境に驚く。

（なんで落ち着くんだろう。見知った人だから？）

探るように梶峰さんを見つめていたけど、気まずそうな咳払いに我に返ってハッとする。

「すみません」

「君は謝ってばかりだな」

眉尻を下げる梶峰さんと再び目が合って、思いの外《ほか》近すぎる距離は、その腕の中に抱き締められているからだとようやく理解した。

（綺麗で華があるって、こういう顔のことだろうな）

ぼんやり思ってから、ついうっとり見つめたままであることに気付いて慌てて目を伏せる。

「顔色が悪いね。突然声をかけて驚かせて申し訳なかった」

私を気遣うように、もう平気かなとゆっくり腕を離すと、梶峰さんは改めて私の顔を覗き込む。

「平気です。もう大丈夫なので」

陣野真弓として演じる新婦の友人の顔に戻ると、賑やかに盛り上がる会場を振り返りながら、お祝い事だとこっちまで浮かれますよねと誤魔化した。

だってどう考えても、声をかけられた瞬間に叫びながら蹲《うずくま》るのは異様だ。絶対変に思われているだろうから、出来ればもうその話題には触れられたくない。

「そうだね。浮かれて食べすぎたことにしておこうか。俺がこれ以上、過度に心配しても鬱陶《うっとう》しいだろうからね」

梶峰さんは暗に何も聞くつもりはないと言いたいのか、揶揄《からか》うような笑みを浮かべて、私の行動には深入りしてこなかった。

「なんで食べすぎなんですか。お酒をいただきすぎただけですよ」

「へえ。じゃあそういうことにしておいてあげるよ」

「嫌な言い方しますね」

こんなたわいないやり取りをしていると、私は自分の中に生まれた違和感に気づいた。

会社での印象もそうだけど、梶峰さんはお見合い代行で対峙した時とは別人みたいに優しい。

もしかしてあの時に非情なほど冷淡な印象だったのは、別に私を馬鹿にしていた訳じゃなくて、代行を頼んだ依頼人に嫌悪感を持っていただけなんだろうか。

「ところで、君の方の『報告』は終わったのかな」

「ええ。お時間をいただいてすみません」

「そうか。では場所を移動して、と思ったんだけど、今日のところはやめておくことにするよ」

梶峰さんはそう言うと、申し訳ないと難しい顔をして頭を下げた。

そもそも私を誘ったのは彼の方なのに、一体どういった心境の変化だろう。それとも冗談半分の軽いお誘いだったのだろうか。

「どういうことですか」

「あれ？　もしかして楽しみにしてくれたのかな」

「いや、あのですね」

「冗談だよ。申し訳ないんだが、実は人と会う予定が急に入ってしまってね」

「そうだったんですか」

「がっかりしたかな」

「まさか」

余裕たっぷりで可笑しそうに肩を揺らす梶峰さんに、願ってもないことですよと意地悪く笑って返す。

すると梶峰さんは少し真面目な表情をして、本当のところはねと私の顔を覗き込んだ。

「君は顔色も良くないし、また別の機会にゆっくり話を聞かせてくれないかな」

そう言って私の手を取ると、不意に漂《ただよ》うフゼアノートの香り。

いつ用意していたのか、私の手に名刺を握らせて、梶峰さんは「裏に個人の連絡先を書き込んである」と意味深に口角を上げる。

「連絡待ってるよ」

「私がわざわざ貴方に連絡すると思いますか」

「つれないな。だけど女性に連絡先を聞くのは失礼だからね。今の俺にはこうすることしか出来ない」

「じゃあ連絡しなければ、今後は会うこともないですね」

「そういうことになるね」

梶峰さんは可笑しそうに喉を鳴らすと、ちらりと腕時計を見てそろそろ失礼するよと言った。

「自分から声をかけておいて、今夜は本当に申し訳ない」

「いえ。私にとっては好都合ですので」

皮肉たっぷりに答えると、本当に時間がないらしい梶峰さんは、それは残念だなと笑いながら、それでも待ってるからと一言呟いて、その場を離れて店の出入り口に向かう。

その後ろ姿は、私がＣＥＯとして知っているものとも、お見合いの代行の時に見たものとも違って、とても優しい気配を纏っていた。

◆◆◆

陣野真弓として梶峰さんに再会してから二週間。

連絡先の書き込まれた名刺は受け取ったけれど、もちろん私から連絡することはなかったし、この先も連絡しないで済むならそうしていただろう。

「常盤さん。これコピー六部じゃなくて、六パターンを三部ずつでお願いしたんだけど。どうかしたの、顔色良くないけど調子悪いの」

「あ、すみません。すぐにやり直してきます」

先輩社員の吉田《よしだ》さんの声にハッと我に返った。

すぐに資料を持ってコピー機のあるスペースに移動すると、指示通りに書類をセッティングし直しながら堪《たま》らず息を吐き出す。

あの結婚式の次の日、私は陣野真弓ではなく、常盤沙矢として〈エトワールブライズ〉に出勤して、いつも通り仕事に取り組み、ＣＥＯの梶峰さんとも何度もすれ違った。

けれど彼が本当の私に気付くことはなく、やはり『人材レンタル』の役者である陣野真弓に対して、何か話がしたかったんだと結論づけることにした。

事情があって『人材レンタル』という仕事に興味があるのか、それは梶峰さんと話をしてみないと分からないけれど、とにかく平凡な契約社員の常盤沙矢には一切関係ないことだ。

そんな風に安心していたのも束の間、今朝アクシデントがあった結果、突然、梶峰さんから呼び出しを食らってしまったのだ。

『随分と擬態が巧いな、君は』

感心したように呟いて私を凝視する梶峰さんの顔が頭から離れない。

私が陣野真弓だとバレてしまった理由は、朝礼でのスピーチだった。

案の定、私の拙《つたな》いスピーチの内容よりも、その声に興味が湧いたのか、ＣＥＯの部屋のドアにもたれかかって、面白そうに口元に弧を描いていた梶峰さんの顔を思い出す。

そうなのだ。ここでもやはり私は声のせいで、大根役者〈オフィス・クランベリィ〉のレンタル俳優である陣野真弓だと気付かれてしまったのだ。

コピーした資料を手に吉田さんの元に向かうと、業務の確認をしてから一言断りを入れて、気分転換に窓際のデスクに移動した。

フリーアドレスは、こんな時にはありがたい。

（はあ、気が重いな）

データを拾いつつ頼まれた資料を作りながら、すっかり冷めてしまったコーヒーを飲んでいると、背後から突然現れた梶峰さんに声をかけられた。

「常盤さんは上の空かな」

「……お疲れ様です」

「俺と食事するのがそんなに不服かな」

「不服とかそんなこと以前に、契約社員の私がＣＥＯとご一緒するなんて恐れ多くて」

気が重く、胃まで痛む原因はこれだ。

「俺がそんなに苦手なのかな、陣野真弓さん」

「ちょっ、その名前は職場ではやめ……てください」

屈《かが》んで耳元に囁いてきた梶峰さんの方を振り返ると、思いの外《ほか》顔が近くて、動揺して一気に頬が熱くなってしまう。

「とにかく、あちらの仕事でしたら事務所を通してくださらないとお受け出来ないです」

「見合いした仲じゃないか」

「あのですね」

「約束しただろ。仕事が終わったら食事に行こう。逃げるなよ、常盤沙矢さん」

これは偽名じゃないよな。そう言ってポンと肩を叩いて微笑む姿は、ハタから見れば従業員を労《ねぎら》うスマートなＣＥＯに映っているのかもしれない。

だけど私にとっては、悪魔にしか見えない恐ろしい存在だ。

梶峰さんが離れていくと、何人かに興味本位で話を聞かれたりしたが、そこは嘘と真実を絶妙に交ぜながら返答していく。

独身であの顔立ちと華やかな経歴、確固たる地位を持つ梶峰さんは、主に女性社員から絶大な人気を誇る人だ。

「ああ、本当に気が重い」

終業まではあと少し。大きな溜め息を吐き出して、私は再びキーボードを叩き始める。

そもそも私が勤める〈エトワールブライズ〉は、ウェディングプランナーやドレスコーディネーターはもちろん、婚活支援で活躍するマッチングコーディネーターも多く抱えるブライダル企業。

もちろん管理部門もある訳で、私の仕事は花形部署のプランナーや、コーディネーターのサポート事務。いわゆる裏方だ。

「常盤さん、遠藤《えんどう》様と山岡《やまおか》様ご夫婦のフォトセッションの資料、ちょっとテコ入れするかもしれないから明日にはちょうだいね」

「その件でしたらチャットメモ残しましたけど、先ほどメールお送りしてるのでチェックお願いします。あ、十七時過ぎのメールです。松嶋《まつしま》チーフにもｃｃで送信してます」

「ありがとう！　助かる」

退勤時間が迫ると、こんな風にバタバタすることはしょっちゅうある。

（この忙しさに紛れてしれっと帰りたい）

そう思ってガラス張りになったＣＥＯの部屋へチラリと視線を向けると、あろうことかこちらを見つめる梶峰さん本人と目が合ってしまった。

目が合った瞬間から、梶峰さんは何かを伝えるように口元を大袈裟に動かしているものの、この席からは遠くてさっぱり分からない。

何度か繰り返してくれる梶峰さんには悪いけど、困惑しながらペコッと頭だけ下げて視線を戻した。

そしてキーボードを叩き始めてしばらくすると、社内チャットが届き、通知を確認したら差出人が梶峰さんでゲンナリする。

ポップアップをクリックしてメッセージを開くと、少し冷ややかな内容が表示された。

【逃げるなよ、と言ったんだ。どさくさ紛れに帰ろうとか思ってるんじゃないだろうね】

ハッとしてＣＥＯの部屋を振り返ろうとするけど、あまり目立つことはしたくない。

（バレてる。撒いて帰ろうとしてる思考を読まれてる）

動揺したまま、なんと返事をするべきか悩んでいると、新たにメッセージが届く。

【仕事が終わったら地下駐車場に。正面玄関から逃げても無駄なので必ず来るように】

釘を刺す言葉に、私なんかでは太刀打ち出来る相手じゃないことを悟る。

だからいよいよ腹を括《くく》って、分かりましたとチャットで短い返事をすると、コーヒーのカップを片付けるために席を立ち上がり、手にしたスマホで短いメッセージを打つ。

もちろん相手は〈オフィス・クランベリィ〉の社長である汰一さんだ。

梶峰さんに身バレし、ご飯に誘われてしまった。

しかも事実は分からないけど、この大根役者に一芝居打たせようとしている可能性もある。

万が一にもそういう依頼なら、本当に事務所を通してもらわないと困るのだ。

いよいよ頭痛がしてきて頭を抱え、既読もつかず返事もないスマホを握り締めて溜め息を吐く。

席に戻って伝票チェックをしつつデータ入力をして、それが終わると経理の担当者のデスクまで伝票を届けに行く。

残念ながらこれで本日の業務は終わりだ。

憂鬱《ゆううつ》な気持ちで帰り支度を整えて、何気なくＣＥＯの部屋を振り返ると、またも目が合った挙げ句に『に、げ、る、な、よ』と、微笑みながら口パクで念を押されてしまった。

本当に私ときたら、あの二次会の時に学んだはずなのに、どうして同じように声を意識し忘れてしまったんだろうか。

喉を押さえて唸《うな》る。本当に役者として使い物にならない自分に嫌気が差す。

仕事を終えて、パウダールームでよれたメイクを直し、溜め息が出そうになるのを我慢しながらメイクポーチの中身を整理して気持ちを落ち着ける。

今になって後悔しても仕方ないことだけど、仕事として、こんな初歩的なミスを犯したのは非常にマズい。汰一さんに絶対怒られる。今はそれで胃が痛い。

社長といえど、汰一さんはマネージャー業務も兼任している。

この時間になってもメッセージが既読にならないということは、多分役者の現場同行でスマホを機内モードに設定している可能性が高い。

けれど仕事の連絡も入るため、こまめに通知は確認するはず。

出来れば梶峰さんと出かける前に、汰一さんとコンタクトを取りたかったが、時間がないのでそのまま地下駐車場に降りた。

車通勤が認められているため、自社ビルの地下駐車場は、それなりの数の車で埋められている。

(ＣＥＯの車種、聞くの忘れちゃったな)

ぼんやりとそんなことを考えていると、一台のド派手なグランドツアラーが目に入る。

どんな顔したやつが乗ってるのかと毒づいていたら、こんな顔だけどと背後から声をかけられた。

「びっくりした！　梶峰ＣＥＯ」

「お待たせしたかな。結構大きな声で独り言を言うんだな」

「え、私声に出してましたか」

「そうだね、気分悪そうな声だったよ」

笑うのを堪《こら》えている梶峰さんの様子は、それだけで私に優しい印象を与えるには充分だった。

「さて。こんな車だけど、乗り心地は悪くないよ」

エスコートされて助手席に乗り込むと、革張りのシートはいかにも高級で、広々した空間が外観とは異なる印象を与えた。

「それじゃあ行こうか」

ゆっくりとした丁寧な運転で駐車場を出ると、梶峰さんが運転するメタリックブロンズの車体が、夜の街を走り抜ける。

「さて。ちょっと面白いところに行こうか」

「面白いところ、ですか」

「その前に少し買い物してもいいかな」

「ええ、大丈夫ですけど」

梶峰さんは宣言通り途中でショッピングモールに立ち寄ると、併設されたスーパーマーケットで、私に好みを聞きながら食材や調味料を買い込んだ。

なぜここで食料品を買うのか疑問に思いつつも、買ったばかりの商品を袋に詰めて、周りにはカップルに見えてるのかなとふざける梶峰さんを窘《たしな》める。

そして着替えが必要になるからと、私と一緒にファストファッションのテナントをいくつか回り、二人分の下着を含めた着替えを一式買い揃えた。

「結構な荷物になりましたね」

「思い付きで行くことにしたから、そうなると結構入り用になるもんだね」

梶峰さんはクスッと笑って、重いだろうからと私の荷物をさりげなく回収して自分の肩にかけてしまう。

モテる男はこういうことをサラッとこなすよなと、汰一さんを思い出して、そういえば返信が来てないかどうか気になった。

「すみません、ちょっと連絡が来てるかもしれないのでスマホを触っても構いませんか」

「構いませんよ。そんなのわざわざ聞かなくてもいいのに、随分律儀だね」

「この状況が信じられませんが、梶峰ＣＥＯはうちのトップですし」

「今はプライベートだから、その手の気遣いはしなくていいよ。無理に誘った自覚もあるしね」

そう言うと、梶峰さんは休憩スペースに向かい、ベンチに座るように私を呼び寄せて、気を遣わせないためか自分もスマホを取り出した。

バッグからスマホを取り出すと、着信が一件と、メッセージアプリの通知が二件。どちらも汰一さんからだ。

この場で電話をかけ直す訳にはいかないので、取り急ぎアプリを開いて、汰一さんから届いたメッセージを確認する。

【了解。状況は把握した】

【依頼なら後日俺も交えて話を聞くと言って、絶対にその場で了承しないこと。プライベートで口《く》説《ど》かれるなら、頑張れよ（笑）】

怒られるかと思いきや揶揄《からか》うようなメッセージが届いてて拍子抜けするも、梶峰さんを待たせてもいけないので、短く了解の返事を打つ。

「お待たせしてしまってすみません。私の方は終わりました」

「本当？　ごめん。二、三分ほど待っててもらえるかな」

「ならあのカフェでコーヒーでも買ってきます。好きなものがあれば伺います」

「甘いものも平気だから、君と同じで構わないよ。はいこれ」

さりげなく渡されたので、カフェのプリペイドカードかと思いきや、会計の時にそれが梶峰さんのクレジットカードだと気付いてかなり焦った。

当然のようにブラックカード。ハイステータスなご身分の人はやっぱり生きている世界線が違う。

ベンチに戻ろうとカフェを出ると、可愛らしい女性二人組に話しかけられ笑顔で対応する梶峰さんが見えた。

最近じゃ女性誌にも出ているし、本当に有名人なんだなと傍観していたら、私を見つけた梶峰さんが、今までとは違って蕩《とろ》けるように破顔して私に手を振る。

（なんて甘い顔で笑いかけるんですか!!）

その表情はあまりにも無防備で、梶峰さんを男性として意識したことがなかった私への破壊力は抜群だ。

案の定、梶峰さんに詰め寄っていた女の子たちが不審そうに私を見つめている。

「じゃあ、彼女が来たから失礼しますね」

梶峰さんは意味深に微笑むと、カップを取り上げて私の手を恋人繋ぎで握り締め、何事もなかったかのように歩き始めた。

「ナンパされたんですか」

「こんなオジサンを？　まさか。俺のファンなんだってさ」

駐車場で車に乗り込み、たわいないやり取りをする。

「でも意外でした。梶峰ＣＥＯでもスーパーマーケットとかに行くんですね」

「俺をなんだと思ってるの」

「神の寵児《ちょうじ》？　とかですかね」

「なんだそれ、初めて言われたよ」

世間話をしながら更に一時間ほど走ると、海が見える場所までやって来た。

会社を出るまではあれほど苦痛で仕方なかったのに、初めて一緒に出かける、しかも会社のトップと同席してる割には、案外楽しくあっという間に時間が過ぎていく。

「もうすぐ目的地」

「面白いところって海ですか」

「海は嫌いだったかな」

「夏は苦手ですけど、海は嫌いじゃないですよ」

窓の外に見える仄暗《ほのぐら》い海を眺めつつ、夜の海ってちょっと怖いですねと子どもみたいな言葉しか出てこない自分が恥ずかしくなった。

「どうして夏は駄目なのか聞いてもいいかな」

「大した理由じゃないですよ。私、低体温なので夏は頭がボーッとしやすくて。病院に行っても低体温とは関係ないって言われるんですけど、本当に怠《だる》さが酷くて」

「なんだ、そういう理由か」

ハンドルを傾けて優しく笑う梶峰さんは、やっぱり整った顔をしていて、その華やかさが少し羨《うらや》ましくなる。

「どういう理由だと思ったんですか」

「失恋の痛手が癒えないのかと」

「そんな色気のある話じゃなくてすみませんね」

つい喧嘩腰に答えると、梶峰さんは可笑しそうに肩を揺らし、ハンドルを握る手に力を込めていた。

◆◆◆

辿り着いたマリーナに停泊したクルーザーへ乗り込むと、そのゆったりとして広々した空間に驚く。

「これは、梶峰ＣＥＯの持ち物なんですか」

「そうだね。レンタルではないよ」

開放的なフライブリッジから夜の海が一望出来、キッチンが設置されたメインデッキを見て回ると、ゆったりとくつろげるリビングスペースが広がっている。

そして階下のキャビンフロアにはキングサイズのベッドの他に、シャワーやトイレまであって更に驚いてしまう。

「さて、探検は終わったかな。まずはお腹も減ってるだろうし食事を用意しようか」

「あ、手伝います」

「ここは手狭だし、気持ちだけいただこうかな。無理に呼んだのは俺だから」

座って待ってるようにとソファーに案内されて、スマホとリンクすれば動画配信のサブスクが見られると、梶峰さんはテレビの電源をオンにした。

「操作が分からなかったら遠慮なく聞いて。とりあえずは好きに過ごして待っててくれるかな」

「分かりました」

早速操作方法を確認すると、大好きな俳優の新作がもう公開されていて、興奮気味にその映画を見始めた。

なのに見始めて五分と経たないうちに、梶峰さんの立てる音、それに気配ばかりか息遣いまでが気になって仕方ない。

(落ち着かない……)

何かを刻んで包丁がまな板に当たる音、ボウルで何かを和《あ》えたり、フライパンで何かを焼いたりする音や匂い。

大学時代から一人暮らしの生活に慣れた私にとって、他人の生活音がする空間には違和感がある。

今までに恋人がいなかった訳じゃないけど、少し前までは、芝居さえ出来れば良かったし住む場所に拘《こだわ》りもなかった。

だからたとえ恋人でも気軽には呼べない、辛うじて和式トイレと風呂場が付いた、洗濯機も外置きの部屋に住んでいたし、役者志望の仲間も似たような感じだった。

契約社員だけど就職もして、やっと人並みの部屋に引っ越してみたものの、仕事と芝居の両立という忙しさで恋人を作る暇もなく、気付けばお一人様まっしぐら。

そんなこんなで、やっぱり人の気配があるのは落ち着かなくて、大好きな俳優の出ている映画なのに集中出来ない。

「どうかした？　そわそわしてるね、落ち着かないかな」

「いえ、いい匂いがするなって」

梶峰さんとたわいないやり取りをしながら、この変に緊張した空気を打ち破るための策を考える。

（そうか。演技すれば良いのかも）

今の状況を乗り切るには、上司、しかも会社のトップに連れてこられたんじゃなくて、昔から縁のある先輩に招待された設定を演じればいいかもしれない。

ずっと芝居としか向き合ってこなかった私は、こんな時どうしていいか分からないし、演技すれば緊張を回避出来る気がしたので、キャラクターになりきることにする。

そうすると不思議なことに、今までの閉塞感に似た緊張感はなくなって、先輩を慕う後輩になれた。

「それで、今日はどうして呼び出されたんでしょう。私個人に出来ることはないですよ」

「なかなか手強いね。俺としては、君の副業の内容を黙っておく代わりに、少し手伝いをして欲しいだけなんだけどね」

「言いましたよね、個人ではお受け出来ないって。あちらも立派な仕事ですし、いくら梶峰さんのお願いでも無理です」

「なら事務所を通せばいいのかな」

「そうですね。どんな依頼かによるので、社長とお話ししていただかないと」

「なるほどね」

梶峰さんは顎《あご》に手を当てて、少し逡巡《しゅんじゅん》する様子を見せるが、とりあえずは食べようかとテーブルに料理を運んでくる。

甘辛いソースの香りが食欲をそそる厚切りのポークソテーに、魚介のパスタはどうやらオリジナルのレモンソース。

レタスやブロッコリーに、カットされたゆでたまごが盛り付けられたサラダと、コンソメスープまで並んで至れり尽くせりだ。

「これを今、この短時間で作ったんですか」

「焼いたり茹でただけだよ」

「料理出来る人は、だいたいそう言いますよね」

「まあ普段より張り切ったし、頑張ったことにしておこうかな」

梶峰さんは揶揄《からか》うように笑うと、カトラリーをセットしてワインを開ける。

「え、呑むんですか」

「シラフじゃ出来ない話をするつもりで、今夜わざわざここに連れてきたんだけどね」

「だから私に話されても、仕事はお受け出来ませんって」

「聞くだけ聞いて欲しいんだよ。こちらも死活問題でね」

グラスに注がれたワインのように、蠱惑的《こわくてき》な深みのある苦笑いに、本当に華がある人だなと改めて思う。

私が得られなかった天性の華やかさ。羨《うらや》ましいと思う反面、梶峰さんの立場でしか感じ得ないこともあるのかもしれないと想像する。

「……では私は貴方の、気の置けない後輩を演じます」

「ん？　どういうことかな」

「常盤沙矢としても、陣野真弓としても、個人的にお話を聞くことは出来ません。だから、梶峰さんとちょっと縁のある後輩。そんな立場で愚痴《ぐち》を聞こうと思うんです」

「なるほど、ここに来ても演技する訳か」

そう呟くと、梶峰さんはワイングラスを傾けて面白いねと口元に笑みを刻んだ。

◇◇◇

言葉にするのは難しいけど、魅力のある子だと思った。

常盤沙矢という女性、いや、最初に知った陣野真弓という女性への印象はそんなところだろうか。

事前の身辺調査で、松永美沙希がどんな女かは知っていたので、目の前に陣野真弓が現れた時は、それなりに上手く化けたものだと思って感心した。

見合い相手とさっさと体の関係を持ち、金ヅルが出来たと周りに吹聴するような浅ましい女であることは分かっていたので、かなり警戒したが、すぐに別人だとわかった。

見合いに現れた女性は、松永美沙希の特徴を捉えてはいたが、隠しきれない人の良さと、可愛らしさがあったから。

自分でも意地が悪いと思ったが、別人だとバレていると聞かせて反応が見たくなったのは、ささやかな悪戯《いたずら》のようなものだった。

だけど彼女もプロなのだろう、思ったよりも冷静にどこまで知っているのかと探りを入れる姿勢に少し興味を引かれた。

松永美沙希のことを教えてやるも、一瞬片眉が動く程度で、彼女は陣野真弓ではなく、あくまでも松永美沙希として、そこまで調べていたのかという態度を見せた。

コレに興味が湧かない訳がなかった。

そして徹平の結婚式の二次会での再会。

完全なアクシデントの結果、陣野真弓に再会した時も感心させられた。

全くの別人としか認識出来なかったのは、彼女が醸《かも》し出す雰囲気のせいだった。

だけど彼女の動揺を引き出したのか、その艶《つや》やかな声で、陣野真弓がそこにいることに気付くことが出来た。

ここまでくると陣野真弓という女性に湧いた関心は、執着《しゅうちゃく》に似たものに変わった。

そしてその相手がまさか、自分の会社の社員だとは夢にも思わなかった。

化粧っ気がなく、愛想なく見せるためだろう伊達《だて》メガネに、黒髪を低い位置で結んだ典型的な事務員姿。

彼女は明らかに俺のことを知っていたのだろう。それは当然だ。会社の上司を把握していない訳がない。

バツの悪そうな顔でスピーチをする、慌てたような気まずそうな様子は見ていて飽きなかったし、あの艶《つや》めいた声に、本当によく化けるものだと感心した。

『随分と擬態が巧いな、君は』

心からの賛辞だったが、彼女は酷く困惑して落胆を見せた。

それは、彼女に対してますます興味が湧いてしまう反応だった。

「なにニヤニヤしてるんですか先輩」

「先輩？」

「そうですよ、人が食べてるの見てニヤニヤするなんて、悪趣味ですよ。美味《おい》しいですけど」

個人としても、『人材レンタル』の役者としても、俺個人の話は聞けないからと、それとはまた別のキャラクターを演じることにすると言った、目の前の彼女。

ここまでくると、その徹底したプロ意識に関心や興味をそそられない訳がない。

「君は『昔から』美味《おい》しそうに食べるからね。ついつい眺めてしまうんだよ」

そんな風に悪ノリして、彼女の芝居に合わせるのも、俺を楽しませてくれる。

「先輩のそういうところが、腹黒いっていうんですよ」

ベッと舌を出してふざける彼女は、本当に昔からの知り合いなのではないかと、俺に錯覚させるには充分な自然さがある。

（参ったな）

思わず口元を押さえて笑ってしまう。

『人材レンタル』だなんて、安っぽい仕事だと思っていたが、既に心を掴まれてしまっている。

彼女なら、俺の希望を満たしてくれるのは明らかだ。

「じゃあ、そろそろ俺の愚痴《ぐち》を聞いてもらうとしようか」

「そのために呼び出したクセに」

「君がクルーザーを見せて欲しいと言うからだ」

「そりゃ見たいって言いましたけど。そこはお礼を言っておきます」

照れたように笑う姿に、俺は今日何度目か分からない驚きを覚えるが、同時に怖さに似たものも感じている。

そして得体の知れないものだからこそ、暴きたいようなサディスティックな気持ちを掻き立てられる気がした。

「〈シャォンス・ラ・マリエ〉の創設者は誰か知っているだろうか」

「ごめんなさい、不勉強で」

パスタを頬張る姿は、餌を口に溜め込むリスのようだ。

「俺の祖父だよ。祖父が亡くなってからは祖母が引き継いで、今は会長を務めてる」

「先輩、御曹司なんですね」

「君がそれを知らなかったことがショックだね」

「知ってたら気軽に先輩に懐《なつ》いてませんよ」

いちいち返される言葉が楽しくて、今度は何を言ってくれるのかと期待してしまう。

常盤沙矢、やはりこの女性には他の人にはない魅力がある。

「俺がＣＥＯだと言っても、こんな風に遠慮なく懐《なつ》くのは君くらいだよ」

「それは先輩が飾らない人柄だからですよ。あ、話逸らしましたね？　それで、愚痴《ぐち》ってなんなんですか。ワインおかわりいただきますね」

自然な口調でボトルを手に取ると、先に俺のグラスがワインで満たされ、彼女は気の置けない相手を感じさせるように、手酌で自分のグラスを満たす。

「ああ、祖母がね、そろそろ身を硬めろと見合いを勧めてくるんだよ」

◆◆◆

先輩。いや、梶峰さんは意に沿わない縁談を持ちかけられてウンザリしてると話し始める。

「それは先輩のことが可愛いからじゃないですか。だから早く身を硬めろと仰《おっしゃ》るんじゃないんですか」

「他人事だからそう言うんだよ。君の立場でも、望んでもない縁談なんて嫌だろ」

「先輩とは立場が違いますもん。今のご時世、結婚で何かが左右されるとまでは思ってないですけどね。それよりこのポークソテーのソース、美味《おい》しいですね」

ちょっとやりすぎかと思いながらも、アドリブで展開していくこの生きた芝居は面白い。

梶峰さんも、なんとなくそれを感じているような気がして、私は口の端についたソースを指で拭《ぬぐ》ってペロリと舐める。

「本当に色気より食い気だな、君は」

「だって、相変わらず美味《おい》しいんですもん、先輩の料理。それで？　舞い込む縁談はどうするんですか。断っても次々来そうですよね」

「だから困ってるんだよ。昔からあまりその手のことには興味がない。とにかく仕事が楽しくて、面白みのない男だと言われる方が多かったしね」

「先輩、モテるけど他人に関心なさそうですもんね。みんなにいつも笑顔は向けてますけど、本当に誰にでも平等というか。上手く言えませんけど」

「じゃあ君に構うのは、優越感を覚えてもらえているのかな」

「まさか。貧乏くじですよ」

「ははは、これは参ったね。まあその貧乏くじついでに、君にしか頼めない話をしたい」

「私にしか頼めない話ですか」

サラダを頬張って梶峰さんを見ると、今までの余裕がある表情ではなく、困惑の色を滲《にじ》ませた目がこちらを向いている。

「俺がどうしようもない遊び人で、結婚もする気がない。祖母にそう思ってもらえるようサポートしてくれる人が必要なんだよ」

「それを私に手伝えってことですか？　無理ですよ」

「そう簡単に断るなよ。それに君にとってもワクワクする話だと思うぞ」

悪戯《いたずら》を思いついたような梶峰さんの視線とぶつかる。

「ワクワクですか」

「そうだよ。実際に手伝いを募れば女性は集まるだろうけど、相手に本気になられても困るからね」

「どういう意味ですか、それ」

「君に一週間で五人、もっといるに越したことはないけど複数の女性を演じてもらいたい。特定の女性ではなく色んな女性と遊んでいる印象作りに協力して欲しいんだよ」

梶峰さんの提案にギョッとしつつも、最低でも五人という言葉には、確かにワクワクさせられる。

「つまり、結婚する気はなくて、不特定の女性たちとの関係に満足してる。そう見せかけたいってことですか」

「そういう理解の早さは助かる。だから俺のことを理解してる君に、その俺が遊ぶ不特定多数の女性を演じ分けて、サポートして欲しいんだ」

「私みたいに平凡な女に、そんな大それたこと出来ませんよ。もっとこう、そうですね、それこそプロに相談するとか、頼んでみたらどうですか」

　これが、今の私が梶峰さんに出来る最大の譲歩だ。

　そして梶峰さんもそれを理解したように、なるほどねと呟くと、含みを持たせた笑顔で面白い商売があるらしいねと私を見据える。

「『人材レンタル』っていうのがあってね。今君が言ったみたいに、そんな一芝居に付き合ってくれるサービスがあるらしいんだよ」

「じゃあ、そこで五人雇うってことですか」

「まさか。たくさんの人に事情を話せばリスクが跳ね上がる。秘密を共有する人材は少ない方がいい」

「なるほど」

　この人は本当に頭の回転が速いと思う。

　私は個人的に依頼の話を聞けないからと、気の置けない後輩のふりをして話を聞くことにしたけど、自然と仕事を受けてみたい気分にさせられている。

　でもあくまでも、今の私は梶峰さんの個人的な知り合いという設定だ。

　さて、この後どんな風に芝居は展開していくんだろうか。それにもワクワクさせられてしまうが、慎重に対応しないと足を掬《すく》われそうだ。

「先日見合いの席でね、その『人材レンタル』の役者と顔を合わせたんだ」

「へえ、そうなんですか」

「『人材レンタル』を使った本物の見合い相手には呆れてものも言えないが、正直なところ、その場に来た役者には興味があってね」

「確かに、ちょっと面白そうな仕事ですよね」

「ああ。だからどうしても仕事を頼みたくてね」

「どうしてですか？　先輩なら、身近に協力してくれそうな人がいそうなのに」

「君が受けてくれるなら謝礼は弾むよ」

「すぐ顔に出ちゃう私なんかに、そんなこと出来ると思います？　先輩は意地悪なんだから」

最後のパスタを頬張ると、ワインを飲んで口を尖《とが》らせて様子を見る。

梶峰さんは可笑しそうに肩を揺らして、後輩との会話を楽しんでいるようにしか見えない。

心にまで余裕がある雰囲気に、やっぱり人の上に立つ人の度量の大きさを感じてしまう。

「そうかもね。君はなんでもすぐに顔に出るからね」

「また、そうやって小馬鹿にするのやめてくださいよね」

この演技が楽しくて、私はついつい梶峰さんに文句を言った。

そして食事を終えて、料理を振る舞ってもらったお礼に食器を洗う。その後、少し散歩に出ようという梶峰さんに連れられてマリーナを離れることになった。

梶峰さんはお酒を飲んでるし、当然のことながら車でどこかに移動は出来ない。

かといってこの辺りに、何か特別な施設なんかはなくて、潮風の吹き抜けるだだっ広い敷地が続いてるだけ。

　何かあるとしたら、もうすぐ閉まるだろうレストランが何軒かあるばかりだ。

「あの、ぐるっと散歩して夜風に当たって、酔いを覚ますんですか」

「それも良いかもね」

「あれ、違うんですか」

　探りを入れようと話しかけたものの、煙に巻かれた感じがする。だけど梶峰さんの気の置けない後輩は、演じていて心地が良くて、許されるならまだお芝居を続けていたい。

　そうして雑談しながらしばらく歩くと、黒い車が停まっていて、移動しようかと梶峰さんがその後部座席の扉を開けた。

「これに乗るんですか」

「そう。クルーザーのシャワーも使えなくはないけど、お風呂に浸《つ》かってサッパリしたいだろ。温泉に行こう」

　私をまだ帰すつもりがないことに、戸惑いと、なぜか安堵の気持ちが湧き上がって小さく首を縦に振り、温泉ですかとはしゃぐ後輩を演じる。

「泊まるんですか？」

「いいや、浸《つ》かりに行くだけ」

「なんだ。ケチですね」

口を尖《とが》らせて梶峰さんを見上げると、驚いたように目を見張ってから、楽しそうに破顔する。

なんて強烈に華やかで、舞台映えする姿なんだろうか。背景まで華やいで見える。

「なら今度、温泉に連れていってあげるよ。今日は汗を流すだけで我慢して欲しい」

「冗談ですよ。大きなお風呂は嬉しいです」

ようやく乗り込んだ後部座席でシートベルトを締めると、私の隣に乗り込んだ梶峰さんと肩がぶつかる。

「出して構わないよ」

運転席に既にスタンバイしていた運転手に声をかける梶峰さんが何気なく目に入った。こうして隣同士で並んで座ると、細身に見える梶峰さんでも、かなり逞《たくま》しい体をしているのが分かる。

顔が良くて体格にも恵まれていて、この華やかで人を惹きつける天性の才能が憎いほど羨《うらや》ましい。

私がどんなに努力しても、手に入らないものだから。

不意に襲ってきた敗北感に表情が曇《くも》ってしまっていたのか、梶峰さんは私の顔を覗き込んでどうかしたのかと首を傾げる。

「そんなに温泉に泊まりたかった？」

その言葉にハッと我に返り、違いますよとまたアドリブの芝居に戻る。

「美味《おい》しいご飯しっかり食べたんで、お腹がぽっこり出てるから、気になっただけです」

「大したものは作れなかったのに、美味《おい》しいって言ってくれて嬉しいよ。張り切って作った甲斐《かい》がある」

「先輩は口が上手いですね。いや、むしろ嫌みに聞こえます。どうせ私はカップ麺くらいしか作れませんから」

「カップ麺？　君はちゃんと時間測るタイプかな。俺は硬いのがよくて味も濃くしたいから、お湯少なめで短時間で食べ始めるよ」

「なんですかそれ。先輩もそんなもの食べるんですね」

思わず噴き出して梶峰さんを見てしまう。

まるで高校生くらいの男の子と会話しているような気持ちだ。

「だから、俺はどんな人間だと思われてるの」

「だって、その辺の大学生か高校生みたいですよ」

「男なんて、みんなそんなものじゃないかな」

「先輩がみんなに当てはまるとは思えませんけど、そういうことにしといてあげます」

「ありがとう」

そうしてなんでもない話をしながら少し移動すると、雰囲気のある温泉宿に到着して車を降りる。

「足元、気を付けてね」

「ありがとうございます」

私の知識が確かなら、ここは老舗《しにせ》で素泊まりどころか、温泉に浸《つ》かるだけで利用出来るようなお宿ではないはずだ。

それなのに梶峰さんは、さりげなく私の手を引いてエスコートすると、フロントで二、三言やり取りをしただけで、行こうとそのまま宿の奥に入っていく。

「このために買い物したからね。着替えを渡しておくよ。温泉を楽しんだら、またマリーナに戻って飲み直そう。今日はお酒を飲んでしまってるから、明日クルーズに出てあげるよ」

「贅沢《ぜいたく》ですね」

　そう答えながら、この人の真意を探ろうとするけれど、梶峰さんの言葉には裏がなくて、少しどころかかなり困惑してしまう。

「ゆっくり温泉楽しんで。上がったら牛乳奢《おご》ってあげるよ」

　悪戯《いたずら》っぽい笑顔は、眩しいくらい華があって、私はやっぱりその存在感に嫉妬《しっと》を覚えてしまう。

（私にも、こんな風に華があれば、今はここにいなくて済んだかもしれない）

　そんなくだらないことを考えてしまう。

　着替えの入ったショッパーを受け取って、梶峰さんと別れて女湯の暖簾《のれん》をくぐると、不意に演技の仮面が外れて我に返る。

（私は一体、こんなところで何してるんだろう）

　梶峰さんの要望は、私に五人以上の女性を演じ分けさせて、縁談を持ちかける身内を騙《だま》し、その重圧から逃れること。

　正直言ってそんな面白そうなこと、チャレンジしたくてウズウズしてしまうけど、汰一さんにも報告してないのに勝手に話を受けるワケにはいかない。

　気持ち良い温泉に浸《つ》かりながら、どうすればその依頼を受けられるかばかり考えてしまった。

◇◇◇

温泉から上がってスマホを手に、仕事のメールを開いて時間を潰す。

常盤沙矢という女性はやはり興味深く、彼女以外に俺の希望が叶えられるはずがないと、そんな気にさせられてしまったことに、確信と驚きの相反した思いが巡る。

祖母からの期待や重圧は事実で、だけど常盤さんには伝えてない内容があった。俺が本気で愛する人がいるなら、その相手を連れてこいと言われているというこちらの事情だ。

（もちろんそんな女性はいないし、俺には結婚願望なんてものもない）

もとより俺は他人への関心が薄い。そうなったのは、そもそも俺自身が自分のことを好きじゃないのが原因だと思う。

『昇くんは綺麗なお顔をしてるわよね』

幼い頃からそんな風に、外見だけを褒められることが多かった。

それは背が伸び始めた成長期を過ぎるとさらに顕著になって、俺の内面を見てくれる人はいないと思い込むくらい、俺の見た目を褒めそやす周りの反応にはうんざりしていた。

何かに懸命に取り組んでも、必死で努力しても、結局は容姿のことばかり褒められ、俺には見た目しか能がないと、そう言われているようで息苦しくて堪《たま》らなかった。

だから、幼い頃から特段やりたいことや夢中になれることは見つからなかった。

俺の曽祖父はフランスだかスペインの血が入った人だったらしく、隔世遺伝で周りとは見た目が違ったのが、周りからチヤホヤされる原因。

両親や祖父母に似ていない容姿を悪く言う親戚もいたが、両親は曽祖父の写真を俺に持たせ、いつも励ますように明るい言葉をかけてくれた。

どこにもぶつけようがない苛立ちを抱えた俺を、いつも励まして可愛がってくれたのは祖父だ。

『俺がお前と似てたら良かったのにな。すまないな、昇』

自分の父親が原因だからなのか、特に俺を気にかけてくれたのかもしれない。

俺はそんな祖父のことが大好きだったから、何か恩返しがしたくて、自分に誇りを持とうと努力した。

モデルの仕事に就《つ》いたのも、俺自身のルーツを受け入れるためだったのかもしれない。

すっかりコンプレックスになってしまった外見を武器にして、世界で活躍するモデルになったことを、祖父は大いに喜んでくれた。

そんな祖父が亡くなり、俺はモデルの仕事を続ける理由も失ったんだと思う。だからモデルを辞めることにも未練はなかった。

祖父が遺したものを守りたい気持ちから今の仕事に就《つ》き、彼が見ていたであろう世界をこの目で見たくて必死に仕事を覚えた。

だからこの仕事を軌道に乗せるためなら、たとえ自分が犠牲になる事態が発生しても問題はない。

でもそれが結婚となると、話はまた別だ。

「あ、先輩。待たせちゃいましたか」

「いや、そうでもないよ」

持ち込まれる縁談になんの意味があるのかは知らないが、俺にそんな気はないし、そんなことに時間を割《さ》くのは無駄なことだ。

それを終わらせるためにも、俺は女にだらしなく、たかが一人の女性に溺れるような愛情深い男ではないことを解らせないといけない。

そのために、彼女の協力は絶対必要だ。

「お湯がトロッとしてて、めちゃくちゃ気持ち良かったです」

「美人湯だってさ。そういうの好きだろう、君は」

「悪かったですね、単純で」

メイクを落として長い前髪をサイドに流し、いつもは無愛想に一つ結びされた黒髪がふわりと下ろされて、眼鏡もかけていない。

(あれ、こんなに可愛かったっけ)

無意識にそんな風に思った。

風呂上がり特有の頬がほんのり上気して桜色に染まった姿は、気心の知れた相手に見せる油断した姿の演技だと分かっていてもドキッとするものがある。

「先輩？　牛乳奢《おご》ってくれるんじゃないんですか。さては先に一人で飲みましたね」

続け様に彼女の口から出た言葉に、やはり演技なのだという安堵と、どうしてか困惑が頭を駆け巡る。

「風呂上がりは喉が渇くから、そこの自販機でミネラルウォーターをね。それよりなんだろう、甘い香りがするね」

スマホをポケットにしまって立ち上がると、女湯のアメニティは男湯とは別のものが用意されているのか、彼女からなんとも言えない甘い香りがして、つい顔を覗き込んでしまう。

「先輩からは爽やかな香りがします。シャンプーが違ったんですかね」

驚かせるかと思ったのに、それどころか無邪気に顔を寄せて本当に違う匂いですねと、可愛らしい笑みを浮かべるこの女性は誰なんだろう。

本当に昔から知っているような錯覚にすら陥《おちい》るが、そんなはずはない。

やはり彼女には、他にはない魅力がある。そしてそれがどうしようもなく俺の好奇心を刺激する。

「本当に牛乳で良いの」

「じゃあコーヒー牛乳にします」

「いや、牛乳の種類じゃなくて」

可笑しくてつい笑うと、意味が分からないのか困惑した顔の常盤さんに二の腕を叩かれてしまう。

「もう、なんで笑うんですか」

「ごめんごめん。デザートとか欲しくないのかなって。帰りにコンビニに寄るから、好きなの買ってあげるよ」

「モノで釣ろうとしてます？　その手には乗りませんよ」

「バレたか」

不思議な女性だと思う。

そしてこうなるとやっぱり、この依頼は彼女に受けてもらいたいという気持ちが固まってくる。

常盤沙矢という女性が、これ以上どんな顔を見せてくれるのかをこの目で見てみたい。

もちろん縁談を断りたいという気持ちが根幹にあってのことだけれど、それ以上に彼女の色んな姿を見たいと思ってしまう。

不思議なものだなとつい苦笑する。

最初に持った印象とどんどんかけ離れて、彼女自身への興味が次第に大きくなっていく。

彼女と関わっているだけでも、退屈とは無縁の時間を過ごせそうだと思わせてくれる。

仕事以外でこんなにも心が躍るのはいつぶりだろうか。

「どうしたんですか。随分と楽しそうですね」

コンビニで買い物を終えて、マリーナ付近まで移動してから車を降りると、コーヒー牛乳以外にアイスが入ったビニール袋を揺らして彼女が俺を見つめる。

「そう見える？」

「だって、なんかニヤニヤしてますもん」

「そんな酷い顔してたかな」

「悪巧みでも思いついたんですか」

「かもしれないね」

そうだ。どうしても今回の件については、彼女にパートナーとして複数の恋人役を受けてもらわなければ困る。

形ばかりの結婚で何かを掴めるとも思えない。

祖母には結婚してから愛を育《はぐく》めば良いとも言われたが、そんな時間があるなら仕事に集中したいし、他人に自分の人生に入り込んで欲しくない。

他人の干渉ほど気分が悪いものはない。その点彼女はプロだ。きっと上手くやってくれる。

そんな期待を込めて笑顔を向けた。

◆◆◆

クルーザーに戻ってデザートを食べ終えると、梶峰さんが自分はソファーで寝るからと言って、私はキャビンフロアのキングベッドに一人で寝るように指示された。

「結構寝心地は良いよ」

「でもですね」

さすがに慌てた私は、何か理由をつけてそれを回避しようと必死になる。

「そうだ！　私、サブスクの映画が観たくて。ほら、先輩が料理してた時に観てた続きが気になって」

「まだ寝たくないってことかな」

「そうなんです。うちだと観られないから、どうしても観たくて。だから私がこっちにいますから、先輩はベッドでぐっすり寝てきてください」

　これがベッドを譲るための話の理由づけだとは気付かれているだろうけど、梶峰さんは少しだけ逡巡《しゅんじゅん》して仕方ないねと頷いた。

「良いだろう。そんな面白い映画なら俺も観させてもらうよ」

「え？」

「芝居好きの君が言うんだ。面白い映画なんだろ」

悪戯《いたずら》っぽく笑うその顔には、嫌とは言わせないと書いてある。

　こうして、軽い夜食を作り始めた梶峰さんと夜通し映画を観る流れが出来てしまった。

（これはまずい。一人で考える余裕がない）

　そこまで考えてハッとした。そう言えば汰一さんに連絡しなければいけない。

　時間はまだ二十二時。余程のことがない限り汰一さんが寝るような時間じゃない。

「ごめんなさい先輩。映画を観る前に、ちょっと連絡しても良いですか」

「だから、そんなの気を遣わなくていいよ」

「ありがとうございます」

　バッグからスマホを取り出して、汰一さんに梶峰さんの要望について、要点をまとめてメッセージを送る。

　すぐに既読がついて返事があった。近日中に事務所に連れてくることは可能かという、色良いメッセージだ。

「先輩……いや、梶峰ＣＥＯ」

「あれ、もうやめちゃうの？　お芝居」

「いやそうじゃなくて、うちの社長から、お話を聞きたいので事務所に来られないかと」

　汰一さんの文面に、断るような雰囲気はない。

　相手役を演じるのが私かどうかまでは分からないけど、多分お話を受ける前提で話を聞くつもりなのだろう。

「なるほど、かけ合ってくれた訳だ」

「まあ、芝居バカなので。伺ったお話にワクワクしちゃって」

「ふふ、素直だね。この土日は空《あ》いてるから、常盤さんが立ち会えるなら、俺は大丈夫だよ。来週だとスケジュール確認しないとちょっと分からないかな」

「分かりました。少し待ってください」

　汰一さんに改めて明日か明後日《あさって》でとメッセージを送ると、明日の昼に時間が取れるので連れてくるようにと返事がすぐに来た。

「じゃあ、明日事務所にお越しいただけますか」

「喜んで」

　どうしたって華のある笑顔で見つめられると、やっぱり悔しさが募る。でも、体験したこともない芝居が待っているかと思うとワクワクする。

汰一さんに明日の土曜の昼に事務所に行く旨《むね》を伝え、了解の返事を確認してスマホを置いた。

「ということで、お話をお受け出来るかは分かりませんが、社長が話を聞くと言うので、よろしくお願いしますね」

「……分かったけど、もう先輩後輩の間柄はここで終わりかな」

出来上がったプチサンドイッチと、瓶ビールを手にソファーにやって来ると、私の隣に座って、少しつまらなそうに顔を覗き込んでくる。

「いえ、夜更かしして映画を観たいので。ということで、先輩の作ってくれたお夜食いただきますね」

私はすぐに切り替えて、テーブルに置かれる前のお皿の上からプチサンドイッチを行儀悪く手に取ると、一口でそれを頬張った。

「ふっ、本当に君は色気より食い気だよね」

「確かに食いしん坊ですけどね。こんな美味《おい》しい料理が作れる先輩がいけないんですよ」

もう一つ手に取ったプチサンドイッチを、油断してる梶峰さんの口にねじ込むように放り込むと、ほら美味《おい》しいでしょと楽しげに笑ってみせる。

実際に梶峰さんの気の置けない後輩という役は演じていて楽しいし、秘密を打ち明けられたことも手伝って、信頼されているなんて勘違いまで生まれた。

もちろんそれは、私に演じて欲しいから仕方なく伝えた話なのは分かっているけど、後輩として、悩み事を打ち明けられたような高揚感は心に刻まれている。

「本当に君は、見ていて飽きることがないね」

「なんですかそれ、嫌みですか」

「いいや。まあ、長い付き合いになるだろうから、よろしく頼むよ」

「早いとこ後輩離れしてくださいよ」

ついついそんなことを口走ってしまうけれど、梶峰さんは表情を改めて真剣な面持ちで私を見ていた。

「どうしたんですか、先輩」

「いや、ここまで徹底してる君だから頼みたいと思ってね。陣野真弓さん、これからもよろしく頼むよ」

「……まだ社長が承諾した訳じゃないですし」

「いや、俺が必ず頷かせてみせるから、その辺りは問題ない」

自信たっぷりなその笑顔はやっぱり、腹が立つほど華があった。

◆◆◆

ベッドを占拠するのが忍びないので、確かに映画も観たかったし、リビングでテレビを観るとは言ったけど。

（言ったけども……）

すぐ隣で警戒心もなく、眠気と戦う梶峰さんの様子に困惑してしまう。

「先輩？　眠かったらベッドに行ったらどうですか」

「ん……君が寝る場所がなくなるから」

「私はソファーで良いんですよ」

「でも、招いたのは俺だからさ」

梶峰さんはゆらゆらと船を漕《こ》ぐように身を揺らして、今にもこのままここで寝てしまいそうだ。

原因はきっとコレだろうなと、テーブルに置かれたテキーラを見つめる。

「先輩、風邪ひきますからベッド行きましょう」

私は梶峰さんの片腕を持ち上げて懐《ふところ》に体を滑り込ませると、そのまま肩を担ぐようにして立ち上がり、なんとか階下のキャビンフロアに下りる。

よたよたと歩く、酔いで力の抜けた梶峰さんは重たくて仕方ないけど、これは荷物と自分に言い聞かせて、辿り着いたベッドの布団をめくり、その中に梶峰さんを放り込んだ。

「ううっ」

「はい。到着しました！　ゆっくり寝てくださいね」

靴や靴下を脱がせて、折れ曲がった足もベッドに入れ込む。早くも寝息を立て始めた梶峰さんに布団をしっかり被せて、小さく息を吐き出す。

「常盤さん、ごめん」

寝言のように呟く声が聞こえて、思わず可笑しくて鼻を鳴らした。

「……良いんですよ、ＣＥＯ。じゃあおやすみなさい」

リビングに戻って、出しっ放しになった食器や飲み物を片付けると、ソファーに座って進んでしまった映画を巻き戻して見直す。

スラム街で生きるバウンティハンターたちの物語だけど、これがまあお酒を飲むシーンがたくさん出てくる。

結論から言うと、作品に出てくるお酒がよほど気になったのか、梶峰さんは自分も飲みたくなると言って、次々とハイペースで色んな種類のお酒を飲んだ結果潰れてしまった。

（随分と、子どもみたいなところがあるんだな）

いくら同じ職場で二年働いてるとは言っても、私の梶峰さんに対する知識は、ファッション誌から得たものや、同僚や先輩たちが噂《うわさ》する上辺のものしかない。

こんな風に直接本人に触れる機会がなければ、きっとキラキラ王子みたいなイメージで、私の世界と交わることなんてない人だという認識のままだったと思う。

そんな風に色々なことを考えながら映画を見終えると、さすがに眠たくなってしまった。

このままソファーで寝るにしても、布団代わりに被るものが見当たらないことに気付いて、梶峰さんが起きた時のために水を持って行きがてら階下に下りた。

梶峰さんはキングサイズのベッドの隅っこに体を寄せて、今にも落ちてしまいそうな寝方をしている。

それを気にしつつクローゼットを開けて、毛布類を探して手に取ると、不意に背後から声が聞こえてビクッとする。

「……誰？」

「先輩、酔っ払いすぎですよ。水持ってきましたから、ここに置いときますね」

その方が刺激しない気がして、私は気の置けない後輩として返事をする。

「ああ、沙矢ちゃんか」

するとどうしたことか、梶峰さんは寝ぼけ眼《まなこ》の少しだけ幼い表情で破顔しながら、私のことをちゃん付けで呼んだではないか。

（沙矢、ちゃん……ですって⁉）

その艶がある甘ったるい雰囲気で、まさか下の名前を呼ばれるとは思ってなくて、冷静ではいられなくなってしまう。

「悪い、沙矢ちゃん。水飲みたいから起こすの手伝ってくれないかな」

「……へ？　あ、はい。もう、飲みすぎなんですよ、先輩は」

梶峰さんが甘えるみたいに突き出した腕を掴むと、あまり意識してしまわないように、コレは綱引きだと自分に言い聞かせて引っ張った。

「ほら、お水。蓋開けましょうか」

起き上がった梶峰さんは、まだ寝ぼけた様子だけど、私は構わず手を離してペットボトルを取り、蓋を開けてからこぼさないように注意して彼の手に握らせる。

「ん。どうもありがとう」

上下する喉元がやたらセクシーで、思わず視線を外すと、不思議そうな様子の梶峰さんに手を掴まれる。

「どうかした？」

その瞬間、色んなものが爆発して頭もショートした。

長いしなやかな指は、掴まれるとやっぱり男の人のしっかりとした指で、意外と爪の形が小ぶりで可愛らしい。

ぼんやりとそう思ってから、何を考えてるんだってハッとして小さく首を振る。

「先輩、そんなに酔うまで飲むなんて、どうしたんですか。珍しいですね」

「楽しくてね。沙矢ちゃんのおかげかな」

「普段は君とかばっかりで、沙矢ちゃんなんて呼ばないのに、私の名前ちゃんと知ってたんですね」

にっこり笑う梶峰さんに、芝居でも度が過ぎていると牽制《けんせい》すると、梶峰さんは途端に驚いた顔をして握っていた私の手を離した。

「ああ、すまない。酔いすぎたかな」

「そうですよ。ゆっくり寝てくださいね。あ、毛布借りていきますね。じゃあおやすみなさい」

これ以上話しているとおかしな雰囲気になりそうなので、話を切り上げてそそくさと階段を上《のぼ》った。

◆◆◆

「あ、れ？」

体が不安定に揺れるような感覚にゆっくりと目を開けると、シーリングファンが回転する天井が視界に入る。

しばらく放心してから、そういえば梶峰さんのクルーザーに泊まったのだと思い出して、ふと寝心地に違和感を覚える。

ソファーで寝たはずなのに、端が分からないほど広々としたベッドに眠っていることに気付いて、ガバッと身を起こす。

（えっと……昨夜どうしたっけ）

昨夜苦労して梶峰さんを運んだはずのベッドに眠っている。なんで私がここに寝ていたのか意味が分からず、呆然としながら部屋を見回す。

ソファーで眠ってからの記憶が一切なかった。頭を抱えながらベッドを出ると、シャワールームで顔を洗って、畳んであったタオルを借りて顔を拭く。

後輩を演じるのに夢中になっていてすっかり忘れていたが、梶峰さんにすっぴんを晒《さら》していたことに今更気付いてまた頭を抱える。

「最悪だわ」

梶峰さんと言えば、今日の昼には汰一さんと打ち合わせをすることになっている。

ようやく階段を上《のぼ》ってリビングに向かったものの、そこに梶峰さんの姿はない。

「うわぁ」

その代わり視界に入ったのは、窓から見える海の広がった景色だ。

昨夜と違って揺れを感じると思ってはいたが、クルーザーごと動いてたのかと、今更気付いて少し恥ずかしくなる。

「あれ、もう起きたの。おはよう」

「おはようございます」

ボサボサの髪を咄嗟《とっさ》に押さえて笑顔を作るけど、引きつった笑顔になってしまう。

「どうしたのそんな顔して。あ、昼には戻らないといけないから、今のうちに沖に出てみたんだ。上で風に当たってごらん。気持ちがいいよ」

「分かりました。そうさせてもらいます」

「常盤さん、本当にどうかしたの」

「え？」

梶峰さんは一歩私に近付いて顔を覗き込むと、ニコッと悪戯《いたずら》っぽく笑って私の頭をワシワシと撫でる。

「まさか、今になって緊張してきたのかな」

わざとらしく頭を撫でる梶峰さんの手を払い除《の》け、揶揄《からか》わないでくださいと口を尖《とが》らせる。

おかしいと感じるなら、それは確実に梶峰さんが私のことを沙矢ちゃんなんて呼んだからだ。

心の中でそう絶叫しつつ、まだ後輩を演じていれば良いのかと、どこかでホッとする。

「やめてくださいよ。もう、髪がボサボサになるでしょ」

「あ、元に戻った」

「先輩のそういうところが、デリカシーないんですよ。まったく」

「ああ、そうかもね」

風に当たってこいと言ってキッチンスペースに移動した梶峰さんに促され階段を上《のぼ》ると、朝焼けが眩しい大海原の景色に心が満たされる。

ソファーに座って景色を眺めて伸びをすると、確かに心地の良い風が頬を撫でて、起き抜けにこんなことが体感出来るのは贅沢《ぜいたく》だと思った。

「朝ご飯出来たよ」

パンケーキと色とりどりのカットフルーツが載ったお皿を、危なげなく運んできた梶峰さんは、肩にかけたトートバッグから、作りたてのミックスジュースとコップを取り出す。

「昨夜はしっかり眠れたかな」

「先輩こそ。二日酔いしてないんですか」

「大丈夫だよ。君がベッドを譲ってくれたみたいだし？　ぐっすり寝たよ」

「あ、ベッド！　私なんでベッドに寝てたんですか」

「俺が運んだから」

「はこ……!?」

「そう。ソファーで身を縮めてるのも可愛かったけど、お客様を寝かせる場所じゃないからね」

食べようかとナイフとフォークを手にした梶峰さんに、驚きの目を向けたまま固まっていると、冷めるよと何事もなかったように微笑まれる。

　本来なら、会社のトップと契約社員の私たちにはありえない展開だけど、今は気の置けない間柄という設定だ。

　抱えて運ばれたのかと思うと、申し訳なくて土下座したい気持ちになったけれど、ここは優しさだと思って受け入れるしかない。

「うん、もっちりしてて美味《おい》しいです。ん？　このパンケーキ、チーズが入ってますか」

「苦手だったっけ」

「大丈夫ですよ。私嫌いなものはないですから」

「さすが食いしん坊」

「それ褒めてませんよね」

キッと睨んでも、可笑しそうに肩を揺らしてごめんと笑う梶峰さんは凄く楽しそうだ。

そんなたわいない雑談をして朝食を済ませると、私が食器を片付けてる間に、梶峰さんは再びクルーザーを運転してマリーナへと戻る。

「さて。君と先輩後輩でいられなくなるのは残念だけど、社長さんに仕事の依頼をしに行かないとね」

「そうですね。お話を受けることになるかは分かりませんし、残念ながらこんな形で関わるのはこれで終わりですね」

「君はつくづく演じることが好きなんだね」

「大根ですけどね」

「そんなことはないよ。まるで昔から知ってるような、ずっと付き合いがあるような気にさせられた」

「褒め言葉として受け取っておきます」

苦笑して梶峰さんを見ると、思いの外《ほか》真剣な視線と目が合って少し驚いた。

◆◆◆

梶峰さんの運転で都内に戻ると、手土産《てみやげ》を買いたいという心遣いを断れずにデパートに立ち寄ってから、事務所近くのパーキングに車を停めた。

車を降りて、〈オフィス・クランベリィ〉を目指して細い通りを歩きながら梶峰さんを見る。

淡い水色のカットソーに白いスラックス。濃いネイビーのジャケットに靴は履《は》き慣れた革靴。とてもファストファッションで買い揃えたとは思えない梶峰さんの着こなしは見事なものだった。

一方私は、明るいバーミリオンのワンピースに黒いジャケットを羽織《はお》って、靴は履《は》き慣れた黒のパンプスだ。

本当に昨日からずっと、この天性の才能とも言うべき梶峰さんの華のある姿が羨《うらや》ましくて仕方がない。

芝居に誤魔化しがきかないのは分かっていても、これだけ華があれば、私の頑張りはもう少し報われたんじゃないだろうかと、ありもしない妄想で勝手にメラメラと嫉妬《しっと》が燃え上がる。

そんな私のただならぬ気配に気付いたのか、梶峰さんは少しだけ怪訝《けげん》な顔をしながら、質問があると口を開いた。

「ねえ常盤さん。〈オフィス・クランベリィ〉は『人材レンタル』だけじゃなくて、そもそも役者さんとか声優さんがいる事務所なんだよね。社長ってどんな人なのかな」

「社長ですか？　そうですね、凄く女性にモテそうなイケオジですかね。まあ実際モテますし。性格は柔和ですけど、仕事は厳しいです」

「なるほど、色男でやり手な訳だ。じゃあ俺が依頼したとしても、簡単には受けてもらえないかもしれないってことか」

「それはどうでしょう。社長の香川自身も元々役者ですし、興味を引く内容だと思います。でも演者についていては、どうなるか分かりません」

「それは、君にはお願い出来ないってこと？」

「私は女優になりきれなかった大根役者ですから。あ、このビルです」

一階のエントランスを抜けて、エレベーターで三階に上がると、社員証をかざしてロックを解除する。

「おはようございます。お客様をお連れしました」

移動中に汰一さんとは連絡を済ませてあるので、フロアに入りパーテーションで区切られた通路を移動して、梶峰さんには応接ブースで待機してもらう。

「少しお持ちください。香川を呼んで参ります」

ドリンクサーバーで淹《い》れたお茶でもてなして、一言断りを入れてその場を離れようとすると、梶峰さんが不思議そうに、けれど楽しそうに笑う姿が視界に入る。

「ふふ」

「……どうかなさいましたか」

「いや、もう陣野真弓さんの顔だと思ってね」

「陣野のことを、そうご存じではないでしょ」

「おっと、それは失礼」

まだ可笑しそうに肩を揺らす梶峰さんに困惑して苦笑しながら頭を下げてから、ようやくその場を離れて汰一さんの元に向かう。

「お疲れ様です。クライアントの梶峰様をお連れしました」

「おう、お疲れさん。久々の休みだったのに悪いな、沙矢」

「構いません。会議室って押さえてありますか」

「A会議室を使おうか。他の奴らが使う予定もないだろうけど、一応共有はしといてくれるか。梶峰さんは俺が案内するから、それが終わったら来てくれ」

「分かりました。いつも通りパソコンで記録を取れば良いですかね」

「ん。頼むわ」

汰一さんとやり取りを交わすと、私はデスクに向かってパソコンを立ち上げる。

休日でもシフト制で出社している他の社員と雑談しながら、イントラに会議室予約を登録して、A会議室を三時間押さえておく。

「失礼します」

「どうぞ」

ドアをノックして入室すると、汰一さんはアイスブレイクで梶峰さんと談笑してたので、さりげなく汰一さんの隣に座ってノートパソコンをアンロックする。

「さて。では陣野……いや、常盤も来ましたから、今回のご依頼についてお伺い出来ますか」

汰一さんがそう切り出して、私が昨夜聞いた内容が繰り返される。

「常盤さんにはお話ししたのですが」

依頼内容としてまとめるためにキーボードを叩きながら、ついつい梶峰さんが望む演技のパートナーについて想像を膨らませてしまう。

最低でも五人。

そう口にしたのは、もっと不特定多数と遊んでいると見せかける必要があるからだろう。

結婚などする気がなく、まだまだ遊びたい姿を見せたいが、相手に本気になられては困るし、込み入った事情を把握されるのも、入れあげられた時に面倒になる。

梶峰さんの言葉に、汰一さんは黙って頷き話を聞いている。

「そして可能であれば、常盤さん、いや陣野さんかな。彼女にその役を頼みたいんです」

「常盤に拘《こだわ》る理由は？　変な言い方ですが、他にももっと、それらしく振る舞える役者は揃ってますよ」

汰一さんが言う通り、私は演技に粗《あら》が多くて演じるのが上手いとは決して言えない大根役者だ。

「彼女は、弊社の社員としてＣＥＯである私を事前に知っている。本当にビジネスと割り切ってくれる人じゃないと困るんです」

「なるほど。実際に常盤と過ごしてみてどうでしたか」

おそらく昨夜のことを言っているのだろう。ギョッとして汰一さんを見ると、真剣な表情は梶峰さんを値踏みしているようにも見える。

「申し分ないですね。彼女の演技はどこまでもナチュラルで、不自然さがない。私をＣＥＯだと認識しつつも、距離感が分かってる。大したものです」

二人で過ごしてる間にそんなところまで見られていたのかと驚くけど、汰一さんは意外には感じていないようで、なるほどねと短く呟く。

「分かりました。では常盤に任せることにしましょう」

その後、打ち合わせは長時間に及び、会議室を三時間押さえたのも無駄ではなかったと実感する。

メインとなる五人に加えて二、三人の女性キャラクターを作り込み、それぞれの出会い方や関わり方、様々な情報を決めていく。

例えば東城《とうじょう》乃《の》梨花《りか》。二十六歳のフリーライター。

一年ほど前に、梶峰さんへの取材が切っかけで関係を持つようになった、少し野心家な性格の女性。

化粧っ気がなく、ベリーショートの金髪とインパクトのあるピアス。

家族とは疎遠で人嫌い。梶峰さんとは割り切って付き合えるからという理由で、気まぐれに連絡してくるタイプ。口癖はめんどくさい。

「常盤さん、なんだか嬉しそうだね」

不意に梶峰さんに声をかけられて、慌てて我に返ると、頭を下げてお詫びの言葉を口にする。

「申し訳ありません」

「どうして謝るの」

「ちょっと夢中になってしまって」

気まずさから頭を掻いて苦笑すると、汰一さんの助け舟が入る。

「常盤はね、板の上に立つと意識しすぎてダメになっちゃうんですよ。でもどうしてか、『人材レンタル』ではそれが出ない。向いてるんでしょうね」

「常盤さんがですか、それは興味深いですね」

「私が主宰だった劇団に所属してたんですけど、何をやってもダメなところしかなくて。この仕事をやりたいと言われた時は断ったくらいです」

「へえ、そんなに」

梶峰さんは、何がそこまで気になるのか、汰一さんの話を真剣に聞いている。

「だけど、どうしても役者を用意出来ない時がありまして。当時は事務しか任せてなかった常盤に、一《いち》か八《ばち》かで仕事を任せることになりましてね」

「それが成功したと」

「ええ。リアルに血が通ってるとでも言うんですかね。アドリブでしか対応出来ない不測の事態を楽しめるタイプなのかな。演技らしくない演技が得意だったようで」

「ああ、常盤さんらしいですね」

目の前で自分の話をされるのは、なんともむず痒《がゆ》いし、褒められてるのか貶《けな》されてるのか分からない内容にモヤモヤする。

「今回、複数の女性を提案したけど、常盤さんとしてはどうだろうか。大丈夫そうかな」

不意に私を見つめて、梶峰さんは気遣うように、出来そうなのかと様子を窺っている。

はっきり言って出来るか出来ないかじゃない。これはやりたいかどうかだ。

「そうですね、もちろん楽なことではないですけど、正直に言えばワクワクしてます」

「そう言ってくれると思ってたよ」

梶峰さんが小さく喉を鳴らすと、汰一さんは意外そうに片眉を上げる。

「もしかして、昨日も常盤は誰かを演じましたか」

「すみません、香川社長。彼女がこの仕事を受けてくれるように、演技に持ち込んでしまいました」

梶峰さんは謝罪の言葉を口にしているのに、どこか挑発するように汰一さんに微笑みかける。

「なるほど。梶峰様は常盤の扱い方を分かってるみたいですね」

汰一さんは少し面白くなさそうに答えると、仕事の期間はどうするのか、いつを区切りにするのか、具体的に話を詰めようと手帳を開く。

「それについては今すぐには決められないのですが、最低でも半年はかかるとお考えください」

「半年ですか」

思わず口に出してから、しまったと汰一さんの顔を見ると、怒ってる様子はなく、梶峰さんの答えを待っている。

「先にお話ししてますが、素行調査という名で、祖母側から身辺調査が入るかもしれません。先日の畠中さんの見合いからずっと、雲行きが怪しいですからね」

お見合い代行で、梶峰さんに陣野真弓だと知られた時の話が出て、確かに彼は何かしら理由をつけては、身内から見合いを迫られているのだと改めて思い出す。

「半年で諦めてくれると思いますか」

汰一さんが真剣な面持ちで確認すると、複雑な表情をした梶峰さんが、短ければと呟いて指を組み直した。

「並行して私は私で個人的に動きます。それが成功すれば半年でなんとか方《かた》をつけられるでしょう。無理は承知ですが、ぜひお願いしたい」

「沙矢はどうなんだ」

「私ですか」

「梶峰様の依頼を受けるとなると、他の仕事は受けさせられない。それにこちらの事務所への立ち入りも、期間中は避けてもらわないといけないな」

「確かにそうですね。ただ勝手を言うと、凄く興味深くて、正直面白そうでワクワクしてないです。社長、私にやらせてくれませんか」

汰一さんにねだるように、少し上目遣いで顔を見つめると、その場でのお説教やお小言はどうやら免《まぬが》れたみたいだ。

「梶峰様、私ともその都度詳細なやり取りをすると約束してください。常盤はのめり込むと周りが見えなくなることもあるので」

「承知しました。逐一《ちくいち》報告するようにします」

こうして初回の打ち合わせを終えると、私は資料をまとめることになった。梶峰さんに挨拶を済ませ、汰一さんが一階まで梶峰さんを送っていった。

「半年か」

職場が同じという点は不安要素だけど、〈エトワールブライズ〉では、関係性がバレることを危惧するほど梶峰さんとの接点もない。

だからこれから陣野真弓としての仕事で関わると言っても、〈エトワールブライズ〉でうっかり親しげに話しかけてしまうようなことも起こらないだろう。

それに演技をしていなければ、私自身も梶峰さんと関わるなんて緊張して胃が痛くなるし、普通に考えて会社でバレることはないはず。

久々に訪れた大役に、心はどうしたって浮かれてしまう。お芝居が出来るんだから。

◆◆◆

二十時までに自宅に帰るよう念を押されて、私は梶峰さんの要望で演じることになった女性たちの資料を、汰一さんに断ってデータで私用のアドレスに送る。

紙で印刷してしまって万が一があるといけないので、本来なら頭に叩き込まなければいけないけれど、なんせ作り込んだ彼女たちの個性や、梶峰さんとの繋がりは指定が細かい。

「じゃあ、お先に失礼します」

「あぁ沙矢、ちょっと」

「はい？　どうしたんですか汰一さん」

「しばらくはこのスマホを使うこと。もちろん仕事の時だけで良い」

「もう用意したんですか」

「まだ一台だ」

「うわぁ……やっぱりそうですか」

キャラクターを演じ分けるために、スマホも分ける。徹底した仕事ぶりに感心しつつ、早速何件もメッセージの通知が溜まっていて困惑しながら汰一さんを見た。

「もちろん全てフェイクだ。社の人間からそれなりの連絡が入るから、都度確認して返事をするようにしろ。仕事中はその人であることを忘れないように」

「はい。分かりました」

「それから分かってるだろうけど、半年はここに出入り禁止だ。その代わり困ったことがあれば、時間を気にせずに連絡してこいよ」

「ありがとうございます、汰一さん」

特殊な役を演じることになった緊張感が一気に押し寄せる。

だけど不思議と怖さのようなものは感じない。相手が梶峰さんだからというのもあるけれど、やっぱり一人で複数の女性を演じられるのが楽しいのかもしれない。

「じゃあ、お疲れ様です。また連絡しますね」

「おう、まあ空回《からまわ》りしないようにな」

揶揄《からか》うように笑う汰一さんに、イーッと歯を見せると、楽しい空気のまま事務所を後にした。

今日は少しお洒落な格好をしてるし、帰りに寄り道したくなったけど、二十時には必ず帰宅するように釘を刺されている。

駅前のスーパーに寄って、適当に買い物を済ませると、十分ほど歩いて三階建て六部屋のコーポの最上階、南側の我が家のドアに鍵を差し込む。

チカチカと切れかかった廊下のランプが気になったので、後で管理会社に連絡を入れよう。

「ただいまぁ」

玄関を閉めて靴を脱ぐと、リビングに昨日の服が入ったショッパーとバッグを放り投げ、面倒なのでキッチンでそのまま手を洗う。

帰り道で買ってきた惣菜《そうざい》をお皿に盛って、電子レンジで温めながら、ドレッサーの前に移動すると、メイク落としシートで申し訳程度の薄化粧を拭き取る。

（あのキラキラした顔、本当に羨《うらや》ましいな）

梶峰さんは眠っていても綺麗な顔立ちをしていた。

あんなに華があるから、世界的に大活躍した元モデルで、今でもオファーが来るらしいというのも頷けるけど、本人はそこまで拘《こだわ》りがないみたいだった。

そもそもお祖父《じい》様が立ち上げた会社の傘下《さんか》企業とはいえ、右肩上がりの〈エトワールブライズ〉のＣＥＯなんだし、食うに困る立場じゃないだろうけどかなり羨《うらや》ましい。

（羨《うらや》ましいけど、本人が望んでない場合もあるもんね）

もしかしたらモデルを続けたかったのかもしれないし、今回のことだって梶峰さんは結婚を望んでいない。

どういう経緯や事情があって今の立場にいるのかまでは話さなかったけど、そのうち聞くことがあるんだろうか。

おかずの後にパックのご飯を温めると、冷蔵庫から取り出したペットボトルのお茶とグラスを手にリビングのテーブル前にぺたんと座る。

「ソファー欲しいけど、部屋狭いもんなあ」

１ＬＤＫの古いコーポだけど、今まで住んでいたアパートに比べたらこの部屋は天国だ。

歩くだけでミシミシと音が鳴る板間、もといフローリングは大きめのラグを敷いて、そこにローテーブルを置き、部屋の端にテレビとドレッサーが並んでる。

寝室としても使ってるもう一つの板間には収納付きのベッドを買ったものの、よく考えたらもともと荷物は少なくてほぼ空《から》っぽ。

その脇にハンガーラックと、反対側の壁に大きな本棚。もちろん本棚は大好きな演劇の本やＤＶＤで溢《あふ》れ返ってる。

「あ、これ美味《おい》しい。また買お」

サクサクのクリームコロッケを頬張っていると、バッグに入れたままだったスマホが震えて、電話の着信なのかバイブの音が聞こえた。

（こんな時間に誰だろ。汰一さんかな）

二十時までには帰れと言われていたのは、何か用事があったからかもしれない。

ご飯を頬張ったままバッグを手繰《たぐ》り寄せると、まだ鳴り止まないスマホを掴む。

けれど画面に表示された非通知の文字を見た瞬間、世界中から他の音が消えたみたいに振動音だけが耳に響いて、異常なほど鼓動が速くなっていく。

もうこれで三回目だ。

非通知なので相手は誰だか分からない。だからこそ思い当たる節があって、背中を嫌な汗が伝って落ちていく。

一度切れて動きの止まったスマホは、間髪容れずに再び震え始め、画面にまた非通知の文字が浮かび上がる。

悪戯《いたずら》や嫌がらせではないかもしれない。そう分かっていても体に染みついた恐怖から、指先はどんどん冷たくなって体の感覚が麻痺《まひ》してくる。

そんなタイミングで家のチャイムが鳴り、少し乱暴にドンドンと玄関のドアを叩く音がした。

「ひっ」

大声で叫びそうになって慌てて口を押さえる。

相変わらず着信で震え続けるスマホを見つめながら、再び鳴り響いたチャイムに、恐怖で体が動かなくなる。

そしてまたドンドンと玄関のドアを叩く音がすると、それに続いて、聞き覚えのある声がドアの向こうから私に呼びかけてきた。

「沙矢？　手が離せないのか」

「汰一さん！　ごめんなさい、今開けます」

インターホンみたいなお洒落なものはなくて、玄関のチャイムが鳴ったら玄関で返事をする。

玄関のドアスコープを覗くと、汰一さんではなく意外な人物が映り込んでいて、私は慌ててドアを開けた。

「どうしたんですか、梶峰ＣＥＯ」

「こんばんは。ちょっと多いんだけど、運び入れても大丈夫かな」

「多い？　え、なんですか」

「段ボールで四箱あるんだけど」

「四箱⁉」

「沙矢、このまま家に上がるけど良いか」

奥から顔を出した汰一さんが、早く入れてくれと急《せ》かすように私の顔を見ている。

汰一さんだけならともかく、自宅に梶峰さんが現れて驚いたけど、きっと私がいなくなったタイミングで決まったことなのだろう。

だから二十時には帰宅しておけと言われたのか。

「大丈夫です。それならお言葉に甘えて、中に運んでもらっていいですか。お手数おかけします」

これは梶峰さんからの提案で、段ボールの中身は創作した彼女たちをイメージした衣装らしい。

とりあえず用意したと言われても、パンパンに膨らんだ段ボールはずっしりと重たそうで、一体どれだけの衣装や小物が入ってるのか想像もつかない。

三人で玄関から段ボールをリビングに運び入れ、順番に開封すると丁寧にパッキングされた袋が出てくる。

彼女たちの個性に合わせた衣装に靴、バッグに指輪やイヤリング、ウィッグといった小物まで、誰の衣装なのかはタグを付けてくれているが、指示がなくても想像通りだ。

「打ち合わせから何時間も経ってないですよ」

呑気《のんき》に私の部屋を観察しながらお茶を飲む二人に視線を向けると、汰一さんが経費は全て梶峰さんが持ってくれるとホクホク顔だ。

「インスピレーションが湧いてね。香川さんに衣装部の話は聞いたけど、半年も巻き込むんだ。衣装提供くらいはしないとダメな気がしたんだよ」

「だからって物凄い数ですよ」

一人のキャラクターを一週間演じ続けても困らないくらい、一人一人の衣装の種類が用意されていて困惑する。

「必要経費だし、そんなに気にしないでくれると助かるよ。そうだ、香川さん」

「どうしました」

「彼女たちの部屋なんですが」

「ああ、そうでしたね」

「そこまで大がかりにするんですか」

突然の話題の転換にギョッとすると、二人は真剣な顔をして、私がおかしいみたいな反応をする。

「まずは俺より、彼女たちを演じる君が調査されるかもしれないからね。だからと言って、割り切った相手を俺の自宅に住まわせる訳にはいかないし」

梶峰さんの言葉に、しばらく押し黙って考え込んでいた汰一さんが、ちょっと当てがありますと一言断りを入れて、スマホにメッセージを打ち込み始めた。

時々段ボールを見つめて悪戯《いたずら》っぽく笑う梶峰さんは、この事態を面白がっているようにしか見えない。

だけど正直なところ、違う人物を演じるとはいえ、毎回梶峰さんにホテル代を支払わせるのは気が引ける。

もちろん仕事なのだから、経費として汰一さんが処理するだろうけど。

そんな私の考えが読めたのか、用事が終わったらしい汰一さんが会話に割って入る。

「オトナの割り切った付き合いなら、多分男は自宅に女性を連れ込まない。毎回決まったホテルで落ち合う方が自然。それはもちろん承知してる」

「だったらホテル以外は不自然じゃないですか」

「だからこそ、わざと隙を作るんだよ」

「隙ですか」

「ほんの少しの情を匂わせて繋ぎ止める。だから自宅には上げないけど、女の家には転がり込むんだよ」

「なんですかそれ」

男の人の見たくない部分を見せられた気分だ。梶峰さんが笑って言う。

「まあ、毎回ホテルで会うのも良いけど、彼女たちが生きてる女性として、細かい設定があった方が面白くないかい」

今度は電話をするためか、スマホを手に寝室に入った汰一さんを目で追うと、梶峰さんは気に入らない衣装はないかと言いながら小物を手に取っている。

「細かい設定があれば、確かにボロは出にくいです。でも本当に彼女たちの家に、ＣＥＯも顔を出すんですか」

「香川さんの許可が出ればね」

「なんか、私よりよっぽどＣＥＯの方が楽しんでますよね」

「君と出会って、演技の面白さに気付いたからかな」

「意外と口が上手いですよね」

「それは二枚舌みたいな意味なのかな」

「いえ、そこまでは言ってません」

「じゃあ芝居のセンスがあるって褒め言葉として受け取っておくよ」

そんなやり取りをしていると、電話を終えた汰一さんがリビングに戻ってきて、指でＯＫマークを作る。

「部屋の方は全部なんとかなりそうです。古い知り合いに都合をつけてもらえましたので、安心してください」

「本当ですか。じゃあ契約書の方にそちらも盛り込むようお願いします」

「承知しました」

目の前で交わされるやり取りを見つつ、毎度のことながら、汰一さんの人脈の広さには驚かされる。

「沙矢、そういうことだから、残りの車に積んである荷物を運ぶぞ」

「え、今からですか」

「善は急げって言うだろ」

「いや、ちょっと急展開すぎて」

「心配ないよ。香川さんが、社用のバンを用意してくれてるから、三人で移動するとしても荷物は全部運べるよ」

「じゃあ、鍵を受け取りに行って部屋の場所を確認しがてら、それぞれの衣装を置きに行きましょう」

汰一さんの一声で梶峰さんと一緒に三人で家を出る。部屋着に着替えてなかったことだけは自分を褒めたい気分になった。

「何か不安があったりするかな」

顔を顰《しか》めていたからか、梶峰さんは私の顔を覗き込んで、どうかしたのかと首を傾げている。

「あ、いえ。大したことじゃないんです」

「そう？」

梶峰さんは、きっとこのドタバタについて私を心配しているのだろうけど、私は不安という単語を聞いて別のことを考えている。

（あの非通知の着信、やっぱり気にしすぎなのかな）

だけど梶峰さんに心配をかける訳にはいかないから、私は笑顔を作って元気な私を演じる。

「ありがとうございます。不安というか、現実味がなくて頭が追い付いていないんですよ」

「そうか。じゃあ夢だと思って楽しめば良い。俺も楽しみにしてるから」

梶峰さんは悪戯《いたずら》っ子のような笑顔で白い歯を見せた。

そして汰一さんの案内で訪れたのは、お洒落な雰囲気の建築事務所だ。ご挨拶をしようと車を降りようとしたところ、汰一さんに止められる。

「『人材レンタル』の作り込みとは伝えてあるが、沙矢や梶峰さんのことは伝えてない。どこから話が漏《も》れるか分からないから、俺が行って鍵だけ回収してくる」

もっともらしい理由だけど、あの様子だと汰一さんは何かを隠してるみたいなのに、さっさと車を降りてしまったので追いかけることも出来ない。

「常盤さん」

「はい」

二人きりになった車内で不意に梶峰さんから声をかけられ、積まれた段ボールの合間を縫って助手席に座る梶峰さんを見る。

「俺は君をなんて呼べば良いんだろうね」

「常盤じゃないですか？　ＣＥＯが抱える社員の一人ですし、それ以外だと違和感がありますよね」

「これから親密になるっていうのに、案外ドライだね」

「親密になるのは私じゃなくて、作り込んだ彼女たちですから。私はしがない契約社員ですよ」

そう。二十年以上芝居に触れてきたのに、一切芽の出なかったポンコツ大根役者。

それでも夢が諦めきれずに、『人材レンタル』なんて仕事にしがみついている。

　持って生まれた才能というものは確かにある。目の前の梶峰さんがそれを持ってることが悔しくて、私は膝の上でギュッと拳を握って誤魔化すような笑みを浮かべた。

「なんだか君は、自分に価値がないと思い込んでるのか、殻《から》に閉じこもってしまってるみたいだね、常盤さん」

「実際そうですよ。もう二十八なのに、まともに仕事に就《つ》いたのは二年前で、正社員にもなれずに契約社員してますから」

「そういう社会的なことじゃなくて、なんだろうな。自分自身を軽《かろ》んじてないかな」

「私が、ですか」

　意外な言葉に梶峰さんを見つめると、君はとても素敵だよと、こちらが照れてしまうほど真剣で艶のある声が返ってくる。

「陣野真弓であることは君の誇りだろ？　だけどそれって、常盤沙矢という人間のキャラクターの第一段階じゃないのかな」

「陣野真弓がですか」

「そうだと思うよ。昨夜の君は水を得た魚のように、身近な存在を楽しんで演じてたよね」

「芝居が好きだからですよ」

「それだよ」

　自信を持って良いんだよと梶峰さんはにっこり笑って話を続ける。

「舞台で演じるだけが芝居じゃないことは、君が一番よく知ってるだろ。演じてる常盤さんは無敵だと思うよ」

「でもそれは陣野真弓の仕事で」

「だから、そんな芝居大好きで演じるのがやめられない陣野真弓と、常盤さんはほぼ百パーセント一致してるんじゃないのかい」

梶峰さんに言われて初めて、そんな考え方があるのかと目から鱗《うろこ》だった。

役を演じるから陣野真弓になる。でもそこに常盤沙矢という私の本質はなくて、芝居をするのは彼女なんだと、なんとなく切り離してた。

多分それは、夢を諦めた時から顕著《けんちょ》になったんだと思う。

「芝居するんだって意気込んで、陣野真弓になってるところはあると思います」

「なってると言うか、それは大半の人が会社と家庭で表情が違う程度のことだと思う。だから君はもっと自分に自信を持つべきだよ。彼女は紛れもなく君なんだから」

ずっと大根役者だと言われてきた。

だけど私は誰かでいたくて、それなのに、私の芝居じゃダメなんだって思い知らされて生きてきた。

けれどそんな私の演技を梶峰さんは評価してくれて、私自身の自己肯定感まで上げてくれる。

見た目の華やかさだけじゃなくて、考え方まで素敵で素晴らしくて、私は卑屈な自分がより一層嫌いになりそうだった。

「自信は持てませんけど、陣野真弓をもう少し身近には感じられそうです」

「最初の一歩として、それで充分じゃないかな」

にこやかな梶峰さんの笑顔。

こんな華やかさがあれば。ついそんな風に卑屈に考えてしまうけど、クライアントである彼がそう言うなら、なんとかして応《こた》えたい。

新たに決意を固めて、考え方も柔軟にしようと、今度は気合を入れるために拳を握り締めた。

「お待たせしました」

そこにタイミングよくやって来た汰一さんが、鍵束とタブレットを手に運転席に乗り込む。

「何かトラブルですか」

「いや、久々に会ったので世間話に花が咲きまして」

梶峰さんの気遣いをサラリと流すと、汰一さんはそのままエンジンをかけて車を発進させる。

「とりあえず家を回って荷物を置いていきます。それから沙矢、仕事終わりに着替える場所は、出来るだけ目立たない混雑した駅を使え」

確かに会社で着替える訳にはいかない。

沿線の主要駅をいくつかピックアップして、朝コインロッカーに荷物を詰めて着替えるかどうするかなど、今後の動きをいくつか考える。

「沙矢と上手くやっていけそうですか」

「そうですね。彼女のプロ意識は高いと思います。二度、いや三度かな？　実演を拝見してるので、その辺りは心配してないですよ」

車の前方で楽しげに会話する二人の声は、これからの変身で頭がいっぱいの私の耳には、もう届いていなかった。

◆◆◆

〈シャォンス・ラ・マリエグループ〉と提携中の、個人サロンを経営するブライダルネイリスト。

三十三歳バツイチで男は懲《こ》り懲《ご》り、だけど日々に潤いは欲しい、枯れきってない女性。

そんな設定の藤嶋《ふじしま》未愛《みあ》なら、梶峰さんとどんなデートをするだろうか。

仕事終わりに駅のトイレで着替えを済ませ、パウダールームで化粧を整えた私は、彼女ならきっと梶峰さんを気まぐれに呼び出すに違いないと、スマホを取り出してメッセージを送る。

【今日は空《あ》いてるかしら。三十分なら待つわ】

少し高圧的だけど、未愛ならこんなメッセージだろう。

もちろん梶峰さんは、毎日どの女性から連絡が来るか把握はしていない。今送ったメッセージで初めて相手を知ることになる。

駅に隣接したデパートのカフェに入ると、文庫本を手にスマホに着信があるのを待つ。

未愛はネイリストだが、ブライダル専門という特殊な仕事に就《つ》いている。

自分は結婚にウンザリしてるはずなのに、結婚に関係する仕事に携《たずさ》わっているのは、今でもその華やかで幸せの凝縮した瞬間には魅力を感じるから、という設定だ。

抑えた赤みのあるストレートな髪はフェイスラインに沿って前下がりのボブカット。品のある落ち着いたカラーだけのネイルに、アクセサリーは着けていない。

視覚的なイメージはもちろん、文章の表現などからもインスパイアされてネイルのデザインを作り込むので、閃《ひらめ》いたらすぐメモを取る癖がある。

ページをめくり、ホットコーヒーを一口飲んだところで、メッセージを送ってから十分。

【〈レスウィット〉でテイクアウトして、君の家で食事するのはどうかな】

有名なフレンチの店名がサラリと出てくるが、週初めの月曜日から自分のテリトリーに人を入れたくない。未愛なら確実にそうだ。

【家に来るつもりなら今日はもう良いわ】

早速梶峰さんとの関係が破綻するようなメッセージを打ってしまって、やりすぎかと頭を抱えるけど、すぐにメッセージが返ってくる。

【お誘いが上手いね。それは寂しいからディナーに行こう。迎えに行く】

スマホを手に安堵しながら、それは微塵《みじん》も表情に出さずに、指定された場所まで向かう。

タイトなスカートのスリットは八センチ。歩くたびに太腿が露《あら》わになり、肉付きの悪い足が見え隠れしていたたまれない。

そして十センチ近いピンヒールは、お尻の筋肉に力を込めて歩いてしまいがちだけど、未愛はきっとサラッと歩いてのける。

カツカツと心地良い音を鳴らして駅の構内を抜けると、更に少し歩いた先で車にもたれる梶峰さんが片手を上げた。

「初めて行くところだけど」

「どうせ誰かと行ったか、誰かのための下見でしょう」

「相変わらず辛口だなあ」

梶峰さんは楽しそうに肩を揺らすと、でも今夜は君が相手だと嬉しそうに付け加える。

そのまま創作イタリアンの店に向かい、テーブル越しに見つめ合ってワインで乾杯する。

前菜として細長いプレートに可愛らしく盛られたカポナータとプロシュート、鶏ときのこのコンフィが運ばれてくると、思わず顔が綻《ほころ》びそうになる。

そして案の定、あまりの美味《おい》しさについ頬を押さえてニヤニヤしてしまいそうだけど、ワインをゆっくり口に含んで香りを楽しみ高揚感を誤魔化した。

「美味《おい》しそうに食べる女性は、男には扇情的に映るって知ってる？」

艶のある笑みを浮かべた梶峰さんは、テーブルの上で未愛の手に指を滑らせる。

「どうしたの、今日は随分直接的ね」

嫌だとは言わずに気を持たせる言い方で、まだ食事中だとやんわり牽制《けんせい》すると、梶峰さんは愉快そうに口元を緩めて、目線を上げて未愛である私を見つめる。

「たまにはね」

含みを持たせた笑顔で手を引くと、その後に運ばれてきた料理を美味《おい》しそうに食べる梶峰さんの姿に目が行く。

綺麗という言葉では足りず、整っているのはもちろん、色気だけかと思えば知的さも垣間見《かいまみ》えるのに嫌みがない。

ナイフ運びやフォークで口元に料理を持っていく仕草一つでさえ、上品なのにどこか艶《なまめ》かしくて人の目を惹きつける。

何より、媚《こ》びることのない、圧倒的な気高さのようなものがこの人にはある。

「そんなに見つめて、俺が欲しいのかな」

「そうね、食欲が満たされたら別の欲が湧いたみたい」

少しだけ驚いたように梶峰さんの目が見開かれるけど、それも一瞬のことで次の瞬間には甘い微笑みに変わる。

悔しいけど梶峰さんの天性の華には敵《かな》わない。だけど私だって今は未愛なんだ。

梶峰さんが、割り切っているとはいえ相手として選んだ女性。

ドルチェのティラミスはしっとりと甘いのにほろ苦い。まるで先のない未愛と梶峰さんの大人の付き合いのようだ。

恋や愛については分からないけど、挑むような梶峰さんの視線に捉えられて、負ける訳にはいかないと思った。

「そろそろ出ようか」

「そうね」

役者の私が呑まれちゃいけない。これはお芝居なんだから。

◇◇◇

そろそろ仕事を終える頃、彼女からのメッセージをどこかで心待ちにしている自分に驚いたが、それ以上にメッセージの内容に思わず笑みが溢《あふ》れた。

【今日は空《あ》いてるかしら。三十分なら待つわ】

確かに未愛とはこういう女だ。

過去に縁のあった女性からヒントを得て作り上げた女性像だったが、自信溢《あふ》れる高圧的な言動に常盤さんが辿り着いたことに心を刺激される。

試すような返事を送ると、あっさり会う気が失せたと辛辣《しんらつ》に返されて、してやられたと嬉しさに

【家に来るつもりなら今日はもう良いわ】

似た感情で思わずニヤける口元を押さえたくらいだ。

すぐに仕事を終わらせて車を走らせる。

女性を待つのが楽しいだなんて。自分の中に生まれた僅《わず》かな変化に驚きながらも、俺は車を降りて行き交う人の流れを見るともなく視線を彷徨《さまよ》わせる。

俺に向けられる刺すような視線に、その度《たび》に彼女が現れたのかと胸が騒ぐが、いつもの色めき立ち浮ついた女性たちの視線でゲンナリする。

そんな中、彼女は現れた。

確かに俺が衣装を用意はしたが、どんな組み合わせで着るかは彼女の自由だ。

抑えた色味のハイネックはノースリーブ、その上にベージュのケープジャケットを羽織《はお》って、体のラインが際立つタイトスカートのスリットから色気のある太腿が覗いている。

クラッチバックを掴んだ指先は、上品なグレージュのネイルで彩《いろど》られ、極め付きは十センチ近いピンヒールだ。

（やられた。本当にこれがあの常盤さんなんだろうか）

いや、彼女に見えなくて当然なんだろう。

「初めて行くところだけど」

「どうせ誰かと行ったたか、誰かのための下見でしょう」

浮かれて声をかければ、また辛辣《しんらつ》な言葉が返ってくる。

この高慢な女を組み伏せたい。

加虐心を刺激されて誘いをかけると、焦るなと挑発的な視線を向けられる。

これが彼女の芝居だと分かってはいても、リアルに生きた、血の通った反応に必要以上に高揚している自分に驚いた。

常盤さんに芝居を頼んだのは、意に沿わない結婚という鎖に繋がれるのが嫌だからだったはずなのに、まるで本当に恋に似たゲームが始まったみたいだ。

デザインのインスピレーションが欲しいと言う未愛を、伝手《つて》を使ってナイトアクアリウムに連れていくと、見直したなんてたった一言で俺を揺さぶってくる。

「写真とは印象が変わるわね」

納得いかないそぶりで呟く横顔はどこまでも真剣で、もはやなりきっているなんてレベルの話じゃない。

思い付いたことをスマホでメモしながら、時折俺に笑いかけて、つい夢中になってと幼さが交じった笑みを浮かべる。

「焦《じ》らしてるのか」

堪《たま》らず手首を掴み、通路の端に引き寄せて腕の中に閉じ込める。

頬に触れるか触れないか、ギリギリの触れ方で髪を掻き上げて耳にかけると、ふわりと角が取れたバニラの香りが鼻先をくすぐる。

「明日は大事な商談があるの。貴方に抱かれたら勝てるジンクスが続くと良いんだけど」

期待を裏切って、いや、俺の想像なんかいとも容易《たやす》く超えてネクタイを掴んだ未愛は、俺の耳元で艶っぽく囁くと、行きましょうとネクタイを整えて距離を取る。

「アイデアはもう良いのかな」

「充分見たわ。別の刺激が欲しいのよ、わざわざ言わせるなんて悪趣味ね」

胸元に添えられていた手がスッと伸びて俺の顎《あご》をなぞる。

それだけで充分だった。常盤さんの演技は本物だ。

正直なところ、このまま行けばドツボにはまるだろう。未愛が発する言葉を鵜呑《うの》みにしそうになる自分に歯止めをかける。

これはビジネスで、しかもまだ始まったばかりな上に、恐ろしいことにまだ一人目だ。

愛なんて不確かなものは存在しないと思ってるし、常盤さんに演じてもらうのも、そんな風に考えるドライな女性ばかりのはずだ。

なのにどうしたって調子を狂わされることに、楽しみすら感じながら未愛の細い腰を抱くと、嫌でも男の欲望を刺激される。

「参ったな」

「昇？」

更に不意打ちで名前を呼ばれて思わず唇を重ねそうになって、ハッと我に返る。

彼女の冷えた指先が唇に触れたから。

「どうしたのよ。今日はなんか変よ貴方」

「焚《た》き付けておいて酷いな」

「ふふ、夜は長いわ」

流し目で呟き、さりげなく指を絡めて手を握り直した未愛の手が酷く冷たくて、その温度差に苦笑が漏《も》れる。

常盤さんはあくまで芝居をしているだけで、相手が俺でなくても同じことが出来るんだろう。

そう思うとチリッと胸の奥に棘《とげ》が刺さるような違和感があるが、この仕事を頼んだのは俺なのだからと、彼女をエスコートして車まで向かう。

そのままホテルのバーで飲み直して部屋に入り何事もなく夜を明かすと、当然のことながら起きた時には彼女の残り香しか残されていなかった。

◆◆◆

昨夜は梶峰さんの寝息が深くなるのを確認して部屋を抜け出し、タクシーで駅へ向かいコインロッカーに預けた荷物を引き取ると、その足で未愛でなく私の部屋に帰った。

そして何事もなかったように出社して仕事をこなす。

当然同じ会社だし、なんならランチの後にコーヒーを淹《い》れているところで出くわして、二、三言だけ言葉も交わした。

会社で会う梶峰さんは、やっぱりキラキラ王子で優しくて人当たりがいいけど、のらりくらりしている割に隙がない。

ぼんやりそんなことを考えながら、今日の相手として決めてきたマキのスマホを手に取ると、デートの誘いのメッセージを打ち込む。

【最近全然構ってくれなくない？　寂しい】

石原《いしはら》マキ、二十六歳、ドレスデザイナーのアシスタント。

可愛いものが大好きで、同性から距離を置かれがちだけど、歳上には割と可愛がられる、正直すぎて損をしているタイプ。

大学生の頃から自分のデザインでアパレルブランドを立ち上げていたが、ブライダルデザインの世界に出会い、一年前から師匠に弟子入りして勉強中。
梶峰さんとは仕事を通じて知り合い、マキの猛アタックにより大人の関係に発展したが、相手の立場を理解してるが故に、恋人には立候補しないリアリストな面もある。

さて。マキはどこか放っておけないような、庇護欲をそそるタイプの可愛らしさがある。
だけどやりすぎると、一気にウザい感じになってしまうので、今回は匙《さじ》加減が難しそうだ。

仕事を終えて着替えをロッカーに預けた駅に向かうと、その頃になってようやく梶峰さんから返信が来た。

【寂しいのは俺の方だよ。最後に連絡くれたの二週間前だぞ】

梶峰さんとは歳の離れたマキに対して、やはりどこか可愛がっているようなニュアンスの文面だ。

（なるほど、そう来たか）

私は人知れず口角を上げて笑みを刻むと、電車に揺られながらメッセージを打つ。

【知ってるでしょ、忙しかったんだから。労《ねぎら》いのメッセージくれると思ってた】

マキならきっと、読んだらすぐに返事を送るだろう。そして泣いてるウサギのスタンプを押しておく。

そうしてまた乗り入れが多い主要駅まで繰り出すと、ロッカーから回収した服に着替えてウィッグを被り、パウダールームに移動してメイクを整える。
マキのイメージは少し垂れ目。テーピングやメイクで目元の印象を変えて、つけまつ毛やアイラインは強めにして華やかにする。

髪型はハーフアップで毛先を軽く巻き、そこで甘さを出した分、服装はカジュアルにコットンシャツにモスグリーンのニットを合わせる。

下はダメージのあるスキニーデニムと、コンサバな黒のパンプス。ネイルはシールタイプで遊びを入れた。

【マキ今どこ？　近くにいるなら時間作れるよ】

梶峰さんの変化球に一瞬焦るけど、私は小さく息を吐くと、納品の帰りで直帰だからと素直に駅名を伝える。

【迎えに来てくれないなら、今から会社に行っちゃおうかな】

最後にこの一文を入れておく。

マキの場合は、大荷物を抱えていてもおかしくはないけど、とりあえずはロッカーに荷物を預けて、駅ビルの商業施設でウィンドウショッピングをする。

梶峰さんはどう出るか、出方によって動きを変えないといけないし、焦る気持ちもあるけど、どうしたってワクワクした気持ちが湧いてしまう。

昨夜はホテルにまで行き着いてどうなることかと思ったし、あわやキスかと慌てるほど距離が詰まったこともあった。

（彼女たちを演じるということは、そういうことにも対処しないといけないということなんだよね）

そう思って素に戻ってしまっている自分に気付いて、慌ててマキのスイッチを入れる。

すぐにスマホを取り出してメッセージアプリを立ち上げると、必死の言い訳を書き綴《つづ》る。

【ごめんウソ。凄く会いたい。どうしても今日会いたい。どこに行けば良いの】

祈るように送信ボタンを押して、適当に見繕った雑貨を購入する。

握ったままだったスマホが震えて、正直返信を見るのが怖い。梶峰さんの面接をクリア出来たかどうか。

恐る恐る画面をタップすると、笑顔が見えるようなメッセージにホッとする。

【俺をその気にさせるのが上手いね。少し待たせるけど、今から送るカフェで待ってて。そこの近くの鉄板焼きの店に行こう】

よし、合格だ。とりあえず今日のスタートラインに立てたのが嬉しくて、小さくガッツポーズを作る。

「お姉さん今からどう？　一緒に飲まない？」

「は？　カレシ待ってるんで無理です」

突然のナンパも強気で拒絶して、髪を肩口で払うと、マキをイメージして勝手に選んだキャンディみたいな甘い匂いの香水が漂《ただよ》った。

メッセージを確認して電車で最寄り駅まで移動し、カフェと呼ぶには趣《おもむき》のある店に辿り着いてコーヒーを頼んで梶峰さんを待つ。

スケッチブックを開いて、細かいレースのデザインを描き込みながら、スマホで調べたデザイナーの細かいディテールを確認して溜め息を吐く。

こんなことがなければ、関わることもなかった世界が広がっていく。

何かを吸収するのは嫌いじゃない。だからウキウキしてスケッチしてる間に、いつの間にか到着して正面に座る、梶峰さんの気配に気付けずにいた。

◇◇◇

本当なら少し厄介そうで、距離を取るタイプの女性。

だけど今回は、あえてそんなキャラクター性を持つマキをリクエストした。

「随分と楽しそうだね」

「え！　カジくんいつ来たの。忍者なの」

驚いてはいるけど、マキとして驚いているのだろう。

（カジくんって、確かにこの子なら勝手にあだ名つけそうだけど。しかも忍者って）

色んなことが重なって、堪《こら》えきれずに喉を鳴らす。すると、バカにしてると口を尖《とが》らせる彼女はやはりマキだ。

「何を描いてたんだ」

「んー。好きな衣装デザイナーがいるんだけど、その人のレースのデザインの模写かな。あんまりやりすぎると無意識にパクッちゃうから、ざっくりだけど」

「へえ、衣装デザイナーってことは映像系のスタッフなのかな」

「うん。グラッド・クレアっていう海外ドラマがあるんだけど知ってるかな。その衣装が見事でね、クラシカルなストーリーなんだけど。ほら、この衣装」

マキが得意げに見せるタブレットの画面を見て、見覚えのある名前に思わず目を見張る。

「キーラ・エヴァンズ？」

「あれ、知ってるの」

キョトンとした顔は、常盤さんより目が一回り大きくて少し垂れがちなのが幼さを強調してる。

「〈Fierrabras《フィエラブラス》〉のモデルをしてる頃にね、アシスタントをしてた子と同じ名前だよ。彼女も舞台美術に興味があるって言ってたな」

「凄い。じゃあ本人じゃない？　でもそんな偶然ってあるんだね」

マキはニコニコしながら散らかしちゃったとテーブルの上を片付けると、お腹空《す》いたよと甘えた声を出す。

顔の印象が違うし、昨日も感じたけどまず何より声の印象が違う。

今日会社で遭遇した時、常盤さんは俺がショックを受けるほど何事もなかったような顔をしていた。

そんな常盤さんが目の前にいるのに、彼女は石原マキという別人なのだ。

「ねえマキ、君は恋をしたことがあるかな」

「どうしたの急に。私はカジくんにずっとキュンキュンしてるよ」

「いや、そういうんじゃなくて」

「あぁあ！　カジくん酷い。私の気持ちが軽いみたいに。見島牛《みしまうし》奢《おご》ってくれなきゃ機嫌直らない」

「また随分と無茶振りするね」

「久々に会ったのに上の空なんだもん。しかも恋したことがあるかって、なに？　カジくん恋でもしちゃったの」

　マキは悪戯《いたずら》っぽく目をキラキラさせて、俺の顔を覗き込む。

（参ったな。どうも昨夜から調子を崩されてる）

　マキを望んでおきながら、頭の中には常盤さんを思い浮かべて、彼女ならどう答えるのだろうと考えてしまう。

「やだ。カジくん本気で恋煩いしてるの？　恋バナ大好物！　早くご飯食べにいって話聞かせてよ」

「そんなんじゃないよ。そうやってすぐはしゃぐの、マキの悪い癖だよ」

「だって、カジくんのことはなんでも知りたいもん」

　出ようとにっこり笑う彼女に釣られて席を立つと、会計を済ませて目的の鉄板焼きの店に向かう。

「見島牛なら別の店にしようか」

「いいよ冗談だから。カジくんと一緒ならそれだけで贅沢《ぜいたく》な食事だもんね」

「随分と調子の良いことで」

　さりげなく腕を絡められて、昨夜とは違う甘い香りがした。長い髪の隙間から覗く白い項《うなじ》に目がいく。

浮き名を流すどころか、彼女たちを演じ分ける常盤さんのことばかり考えてる自分を自覚すると、とんでもなく情けない。

当の本人はマキをイキイキと演じていて、常盤沙矢の影は微塵《みじん》も見当たらないのに。

「カジくん……」

「なあに、どうかした」

「今日、私、泊まれるよ？」

不意に上目遣いで爆弾発言を投げかけられて、一瞬言葉を失ってしまう。

(ダメだ。まったくこの子は予想出来ない)

今まで確かに色んな女性と触れ合う機会はあったけど、こんなにも心を刺激されるのは初めてだ。なのに彼女とはキス一つしていない。

言葉巧みに俺を翻弄《ほんろう》するのは、やはり彼女が常盤沙矢ではなく、石原マキだからなのだろうか。

「カジくん？」

「そんなこと言われると、食事より君が欲しくなるんだけど」

「ふふ、嬉しい」

破顔してみせてから、甘えるように肩に頭をコテンと寄せてくる。

参った。本当に参った。こんなタイプの女性はむしろ苦手なはずなのに、どうしてこうも心がざわつくんだろうか。

俺は無意識のうちに、彼女の髪に口付けを落としていた。

「でもまずは食事に行こう」

「うん」

料理を楽しんでいる間もマキのお喋りは止まらず、その知識の深さには正直驚かされた。

キャラクターを作ったのは少し前なのに、あたかも二十六年ずっとマキだったような彼女の姿は、期待や感動と同時に恐ろしさに似た寂しさを俺に植え付ける。

(まさかこんな形で自覚するなんてな)

自分から話を切り出しておいて、演じてる彼女以外に触れてみたいという、浅ましい感情が心の中に渦巻いている。

俺は常盤さんのことを好きになってしまったらしい。

◆◆◆

昨夜の梶峰さんはどこか上の空で、マキを見ているのに違う誰かを思っているような、梶峰さんらしくないおかしな雰囲気だった。

もしかして私の演じるマキに満足してないのかと不安だったけど、食事しながら会話をしていると、興味深げに質問をしてきていたし及第点は貰えたんだと思う。

(でも……)

一昨日《おととい》の未愛を演じた夜同様にホテルに向かうと、部屋に入るなり腕の中に閉じ込められて、さすがにドキッとしてしまった。

だけどマキなら喜んで抱き締め返すだろうと、甘い声で梶峰さんを呼んで抱き返すと、彼が僅《わず》かに動揺したのを感じた。

「この違和感は、なんなんだろう」

トーストにマーガリンとブルーベリージャムをたっぷり塗って頬張り、今日はもっと完璧に演じてみせようと決意を新たに気を引き締める。

昨夜遅くに梶峰さんから連絡があり、今日は向こうから指名されて鵜原凛菜《うはらりんな》を演じる予定だ。

凛菜は二十九歳、結婚式場の音響スタッフで、仲間と一緒に独立して、会社を起こそうとしてるパワフルな女性。

手元のスマホを見つめて多少なりとも困惑しているのは、梶峰さんが送ってきたメッセージに対してだ。

【久々に凛菜の手料理が食べたいな】

つまり家でのデートということになる。

家で二人きりならば演技をする必要はない。

だけどこれから凛菜を演じるためには、キャラクターを作り込む必要があるし、演技をしようと思っている。

それに梶峰さんは薄々勘付いてるんだと思う。

あの日のクルーザーでの会話みたいに、私という人間は　演技しなければ私自身でいられないことを。

　だけど手料理だなんて、明らかに梶峰さんの方が上手いに決まっているのに。私に作らせる意図が汲《く》み取れないが、凛菜は三人姉妹の長女で両親が共働きだから家事が得意だ。

　スマホで検索したレシピサイトを眺めて、今夜の献立を考えながらトーストをかじると、少しぬるくなったコーヒーでそれを流し込む。

「ヤバ、こんな時間だ」

　凛菜の衣装一式を詰めたショッパーを掴み、バタバタと家を出た。

　会社に着いたら、ルーティンワークをこなしつつ、イレギュラーで割り当てられる仕事をこなしていく。

　今夜は凛菜の家という慣れない環境で、料理まですることになっているので、気を引き締めてかかろうと思った矢先、やらかしてしまった。

「常盤さん、社外秘のデータがカタログベースのファイリングに交ざってるわよ」

「うわ、すみません」

「どした、珍しいわね」

「急ぎで頼まれた案件対応を間に挟んだんで、本当にうっかりです。チェック入れてくださってありがとうございます」

　吉田さんはドンマイと私の肩を叩くと、ミスが発覚したファイルをデスクに積んで自分の席に戻っていった。

（ダメだな……仕事中なんだから、集中しなきゃ）

両頬をパシッと叩いて自分を鼓舞すると、気持ちを切り替えて仕事を一気に片付ける。

そして定時で仕事を終えた私は、もう一つの仕事のために電車に揺られ、いつもの如《ごと》く人混みに紛れて変身を済ませた。

凛菜のスマホを取り出して、仕事は早く終わったけど料理には期待しないように、と梶峰さんにメッセージを送る。

乗り慣れない路線の電車に揺られて凛菜の自宅の最寄駅で降りると、マップでスーパーを探して食材を調達する。

凛菜はさっぱりした性格だけど、面倒見が良くて情に脆《もろ》く、つまり絆《ほだ》されやすい。

二人が出会ったのは仕事ではなく、バーでの偶然。

梶峰さんを一方的に知っていた凛菜とは、同じ業界で働いていることも手伝って意気投合し、恋仲というよりは戦友に近い関係性。

こざっぱりしてるのに女の顔はどこまでも妖艶《ようえん》で甘いというのは、汰一さんが追加した設定だったりする。

慣れないキッチンで料理をしていると、エプロンのポケットでスマホが震えて、梶峰さんからメッセージが届いた。

【もうすぐ着くよ】

私は短く了解と返すと、タイミングを見計らって魚を焼き始める。

今夜の献立はさわらの西京焼きと、カブのそぼろ煮に、ほうれん草の白和《しらあ》えとお味噌汁。念のために野菜の肉巻きも仕込んであるけど、これは要望があれば出す予定。

そうこうしてるうちにドアチャイムが鳴った。モニターには梶峰さんが映っている。

玄関を開けてにっこり微笑むと、彼の荷物を受け取ってスリッパを出す。

「お疲れ様。今日ちょっと冷えるよね、ご飯が先で良かったかな」

「良い匂いだね。うん、昼食べ損ねたから実は腹ペコなんだよ。お邪魔します」

柔らかく微笑む梶峰さんに釣られて自然な笑みを返すと、荷物を置いてキッチンに戻り、手を洗ってから魚の焼き上がりを確認してお皿に盛り付ける。

「お酒はどうする？　ビールしかないけど」

手を洗ってきたらしい、少し元気のない梶峰さんを掴まえると、軽いスキンシップでほっぺをつねって、疲れてるのかと首を傾げて様子を見る。

「大丈夫だよ。せっかくだしいただこうかな」

「じゃあ昇くん、グラス出してもらって良いかな。お腹空《す》いてるみたいだし、お肉も焼いちゃうわ」

さりげなく梶峰さんの名前を呼んで料理を再開すると、彼も当たり前のようにビールとグラスを出して、ダイニングテーブルに座ってネクタイを緩めている。

どうしてだか今日も梶峰さんの様子がいつもと違って見えて、その僅《わず》かな違和感が気になって仕方がない。

「昇くん、熱でもある？　なんか辛そうだけど」

料理を運んで、その流れで梶峰さんの肩に手を置いて額にもう片方の手を当てる。

「お腹が減ってるだけだよ」

梶峰さんは笑うけど、やっぱりどこかいつもと違う気がする。

◇◇◇

家で一緒に食事がしたい。

反則だとは分かっていても、設定とはいえその気がある女性に二晩続けてホテルに置き去りにされるのは、さすがにこたえた。

目の前にいる凛菜は面倒見と気《き》っ風《ぷ》の良い女性で、こざっぱりしていて体のラインが綺麗で女性的。そのギャップが印象に残る。

「昇くん、味どうかな」

不安げな顔が凛菜のものなのか、常盤さんのものなのか俺には一切分からない。

「凄く美味《おい》しいよ。さわらもふっくらしてるし、やっぱり凛菜の料理は美味《おい》しいね」

「やだぁ、褒めるの上手いんだから」

食事をしながらの会話も、まるで鵜原凛菜という女性が元からそこに存在しているように、あまりにも自然で、俺はそれが面白いのと同時に、やはり怖くて苦しくなる。

「……昇くん、ちょっとこっち来て」

「ん？　どうしたの」

「いいから」

突然立ち上がった凛菜は俺の手を掴んでソファーに移動すると、問答無用で俺に膝枕をして静かに髪を撫でる。

「私の前でくらい、ちゃんと息継ぎしてよ」

「凛菜……」

髪を撫でる手を掴むと、彼女の反対の手が再び髪を梳《す》くように、俺の頭を優しく撫でる。

どれくらいの間だったのか、一、二分なのか十分だったのか分からないけど、彼女の手から熱を感じながら身を委《ゆだ》ねるのは心地が良かった。

それに終止符を打ったのは、恥ずかしながら俺のお腹の音だった。

「あはは、お腹は正直だね。さ、温め直して仕切り直しだね」

常盤さんはさりげなく俺を抱き起こすと、軽いハグをしてお疲れ様と呟き立ち上がる。

正直離れがたかったけど、家から出ていってしまう訳じゃない。

それに安堵して、キッチンで料理を温め直す彼女の仕事の愚痴《ぐち》を聞きながらビールを飲む。

未愛にしろマキにしろ、今日の凛菜だって、実在しないのに、常盤さんの手にかかれば、リアルに呼吸をする生きた人になる。

今だって、契約社員の事務員が知り得ないような経営の話や、凛菜の扱うマニアックな音響機器について熱く語っている。

「凛菜、たまには一緒にお風呂入ろうよ」

常盤さんの完璧すぎる演技が悔しい。俺を好きでいる女性を演じているクセに、絶妙な距離感を保たれているのが憎らしく、わざとそんなことを言ってみる。

「昇くん酔ってるの」

「酔ってないよ。嫌？」

「嫌じゃないけど、お風呂はゆっくり入りたいんだもん。昇くんだって疲れてるんだから、お風呂に集中したいでしょ」

絶妙な返答に、どうしたって常盤さんへの執着《しゅうちゃく》が芽生えてしまう。

「冷たいなあ、せっかく久々に会えたのに」

「いつからそんな甘えん坊になったの。ほら、食べ終わったらすぐ片付けちゃうから、お風呂入ってきて」

母親のような言いぐさで俺に指示するのに、凛菜は俺にハグしてから食器を片付け始める。

「凛菜……」

期待させないで欲しいと思いながらも、キッチンまで追いかけて背後から抱き締めると、昨日までの二人とは違ってシャンプーの香りなのか、ほんのりと甘い爽やかな匂いがする。

「凛菜の匂いがする」

「そう？　シャンプーかな」

「このままベッドに連れていきたい」

我慢が利かず言葉にすると、僅《わず》かに凛菜の体が硬くなるのを感じた。

（何を期待したんだ。これは常盤さんの拒絶反応だ）

すぐに我に返ってダークブラウンのウィッグ越しに口付けを落とし、風呂に入ると言って凛菜を演じてる常盤さんから離れてバスルームに向かう。

「まったく、何やってるんだろうな、俺は」

自分自身に呆れて溜め息がこぼれる。

これはあくまでビジネスで、常盤さんは俺に好意なんか持っていないし、俺だってきっと物珍しくて恋情と勘違いしてしまっているだけ。

スーツを脱いでシャツや下着も脱ぎ、洗濯機の上のカゴに放り投げるようにかけると、熱いシャワーを浴びて冷静になる。

そもそも結婚したくなくて、常盤さんを陣野真弓として頼ることにした。

最初は素人《しろうと》の演技にただ興味を引かれただけだったし、本当に五人を演じ分けてくれるなら、そんな楽なことはないと思ってた。

だけど本質は違っていて、俺は常盤さん自身に興味があるんだと気が付いた途端、歯止めが利かなくなりそうな自分が恥ずかしくなった。

だってそうじゃないか。彼女は俺の依頼に応《こた》えるために、既に三人の女性を完璧に演じ分けている。

たっぷり湯が張られた湯船に浸《つ》かると、バスタブからお湯が溢《あふ》れて落ちていく。

祖母は愛してる人がいるならと言ったけど、俺は愛と言えるほど常盤さん本人を知らないことに絶望する。

思春期の子どもが抱く淡い恋心のような、叶うことのない一方的な感情。

常盤さんに恋などしても無駄なんだと自分に言い聞かせると、のぼせそうになるまで風呂に浸《つ》かってから、ようやく浴室を出る。

いつの間に用意してくれたのか、脱いだスーツは片付けられていて、代わりに着替えのTシャツや下着とバスタオルが置かれていた。

「はぁ……」

頭を抱えて溜め息を吐き出す。

（こんなの惚れない方がおかしくないか？）

俺は自分の弱さを肯定するように、打ちのめされたように気弱に嘆くしか出来なかった。

◆◆◆

セミダブルのベッドに並んで眠る梶峰さんは、寝付くまでで良いからと、一度だけ私を常盤さんと呼んで切ない顔をした。

私はさっきからその意味をずっと考えている。

彼が望む演技は出来ているはずなのに、梶峰さんは時折酷く哀しい顔をする。

「昇くん、まだ眠れない？」

「……凛菜こそ、まだ寝ないの」

閉じていた目が開かれて、視線だけで私を捉えた。妙に色気のあるその様にドキドキしてしまう。

それが伝わったのか、どんな意図があるのか分からないけど、梶峰さんは寝返りを打って私と向き合い、仕方ないなと呟いて首筋に腕を滑り込ませてくる。

あまりにも自然にこんな体勢にさせられてしまい、人生初体験の腕枕に思わず鼻息が荒くなりそうになるのを堪《こら》えて、少し俯き小さく咳払いをする。

「凛菜？」

「昇くんがしたかっただけでしょ。もう、上手いんだから」

「ふ、なんでもお見通しか」

梶峰さんは柔らかい声でそう呟くと、腕枕と反対の手を私の背中に回し、閉じ込めるように私を抱き締めて、さりげなく長い脚を絡めてくる。

（これは、さすがにまずいんじゃないかな）

そう思って焦るけど、相手は梶峰さんだし、どう対応するのが正解なんだろうか。

身の危険を静かに感じながらも、これはビジネスだと思い出して、それに私なんかではなく、あくまでも凛菜を抱き締めてると考えて呼吸を整える。

腕枕する手が髪を撫でると、背中に回された手も、愛しげに私の背中を這う。

私だってお付き合いした経験がない訳じゃないけど、抱き締められているだけなのに、どうしてこんなにも官能的な気配を放つのか。

体はゾクゾクと震え出し、はしたなくも奥が疼《うず》いて潤うのを感じて急激に恥ずかしくなる。

「……昇くん、ダメ」

「どうして？　抱っこしてるだけだよ」

「なんか今日、色気が凄い」

「なんだそれ」

「だって」

どう答えて良いか分からなくて、つい上目遣いに梶峰さんを見つめると、少し潤んで艶っぽい視線に搦《から》め捕られてしまう。

防波堤のように顔の前に置いた私の腕が取り払われてしまえば、きっとすぐに唇だって触れてしまう距離だ。

「凛菜」

名前を呼ばれてハッとする。

あまりにもフェロモンが強烈で全てが吹き飛んでしまっていたけど、今この時、梶峰さんの腕に抱かれているのは私じゃなくて凛菜だ。

恋人を作れば頼り切ってしまうと怖がる繊細さを隠して、仕事での独立を目指し、意気投合した梶峰さんと対等に渡り合えるような力強い女性。

私は今、私でいてはいけない。凛菜を演じなければ。

「昇くん」

甘い視線に応《こた》えるように防波堤の腕を取り払って梶峰さんに抱き付くと、事故でキスしてしまわないように、その首筋に顔を埋める。

細身の見た目からは想像しがたい引き締まった男性的な体躯に、私の心臓は保ちそうにないくらいドキドキと早鐘を打つ。

今までお付き合いしてきた人は、こんな風に逞《たくま》しい体つきではなかったし、蠱惑的《こわくてき》で危険な香りもしなかった。

このドキドキが聞こえてしまうのではないかと、誤魔化すようにモジモジ体を動かすと、さっきまでよりも強く抱き締められて、複雑に脚が絡む。

(ダメ、本当にこれ以上はダメ)

頭の中で警告のようにそう思うのに。梶峰さんにその気がなくたって、今は凛菜を演じてる影響もあって無性にキスしたくて堪《たま》らなくなる。

割り切った大人の関係だけど、そんな関係だからこそ、こんな風に触れ合って何も起こらない訳がない。

まるで言い訳みたいに頭の中でそう呟くと、偶然を装《よそお》って梶峰さんの鎖骨に唇で触れる。

キスをした訳でもない、ただ触れただけなのに、体が芯から震えて全身が粟立《あわだ》つ。

そして頭上から、熱のこもった息遣いが降ってきて、私の背中を撫でていた梶峰さんの手に力がこもった。

それが合図とばかり、私の中で箍《たが》が外れて梶峰さんの喉元に唇を押し当てて、何度かそれを繰り返してから、吸い付くようにキスをする。

梶峰さんは何も言わない代わりに、私の背中をキツく抱き締めながら、僅《わず》かに脚を動かして、敏感に疼《うず》き始めた間に膝を差し込んできた。

ダメなのは分かっていても、凛菜とリンクした私は、梶峰さんに求められる女として優越感のような感情さえ芽生えた状態で首筋に何度も愛撫めいたキスをする。

「……沙矢ちゃん」

熱っぽい梶峰さんの声が耳元にそう囁いて、私はようやく我に返って彼から身を離す。

違う。これは明らかに梶峰さんの錯覚だ。

驚いたのか困惑しているのか、戸惑う梶峰さんに微笑みを向けると、喉が渇いたと適当な言葉を口にしてベッドから出る。

そして寝室のドアを閉め、そこにもたれて大きく深呼吸をして荒れ狂う心を鎮《しず》める。

(しっかりしなきゃ)

静かに息を吐いて気持ちを整えると、その場を離れて洗濯し終えた梶峰さんのワイシャツを手に取った。アイロンをかけて凛菜に戻るように意識してなんとか気持ちを切り替える。

「ごめん常盤さん」

「ヤダな、昇くん。私は凛菜だよ」

「……そう、だね」

寝室から顔を出した梶峰さんに、先に寝るように伝え、私はアイロンをかけ終わったワイシャツをハンガーにかける。

そして着の身着のままバッグだけを持って家から飛び出し、近くのコンビニまでタクシーを呼び付けると私の自宅に帰宅した。

◆◆◆

昨夜のことは、酷く心配するタクシーの運転手さんの顔以外、あまりよく覚えていない。

その代わり凛菜のスマホには梶峰さんから何件もの着信と、悪かったと書かれたメッセージが届いていた。

適当な凛菜らしい返事を打つと、慌ただしく支度をして自宅を出た。

梶峰さんとは会社で顔を合わせる可能性は充分あるし、気まずさはどうやっても拭《ぬぐ》えない。

ふと汰一さんのことが頭をよぎり、満員電車に揺られながら、思いがけず失敗してしまったことをメッセージで送る。

会社に辿り着くまでの足取りは重く、逃げ出してしまいたくなったけど、コンビニでコーヒーを買って気持ちを切り替え、通い慣れたオフィスに向かった。

「おはようございます。何かあったんですか、なんだか騒がしいですけど」

オフィスに着くなり、いつもよりざわついた妙な雰囲気が気になって吉田さんに挨拶がてら尋ねる。

「おはよう。いや、プリンスが女性と一緒にいるのが目撃されて大騒ぎなのよ」

「プリンス？」

「梶峰ＣＥＯに決まってるでしょ」

「ああ、ＣＥＯですか」

「しかもね、今までは想像でしかなかったのに、ここに来て、今週だけでタイプの違う二人と食事したり飲んだりしている姿が目撃されたのよ」

吉田さんが興奮気味に語るのは、未愛とマキの容姿に酷似した女性と、梶峰さんがデートしていたという話だ。

「だからね、あわよくば自分もって女子社員が色めき立ってるのよ」

梶峰さんにとっては、こうなることも想定内なのだろう。

少し遅れて出社した梶峰さんは、早速女子社員に取り囲まれて、あれやこれやと質問攻めにされているけど、そのおかげで私は顔を合わせなくて済む。

私は私でフリーアドレスをいいことに、ＣＥＯの部屋からは死角になるデスクで仕事に没頭して、あっという間にランチの時間になった。

遠出する気になれずに、オフィスの一階に入っているカフェでランチを取ることにしたところ、やはりここでも梶峰さんの話題で持ちきりで、未愛やマキの噂《うわさ》話を耳にする。

私のことだけど、私じゃない。

それは梶峰さんの思惑が成功していることを意味してるんだとは分かっていても、ふと昨夜の件が思い出されて苦虫を噛み潰したような顔になる。

(そう言えば梶峰さん、また沙矢ちゃんって呼んだな)

切なく掠《かす》れた甘い声を思い出すと、身を裂かれるような気持ちになる。

どんなつもりだったのか知らないけど、あんなのは卑怯だ。

そう思ってパスタを頬張ると胸の奥がチリチリと痛み始めた。その理由なんかすぐ見当が付く。

そんなの絶対ダメなのに、私は梶峰さんのことを好きになってしまっている。

梶峰さんはあくまでも仕事相手。それは分かっているけど、多分、いや、クルーザーで最初に演じた時から好意は芽生えていた。

「あんなハイスペックなんだよ？　そりゃ女の人なんか取っ替え引っ替えしてるんじゃないの」

すぐ後ろの席から声が聞こえてくる。

違うよ、そんな不誠実な人じゃないよって、振り返って否定したくなる。

だって梶峰さんは、少なくとも金曜日から昨夜まではほとんど私としか過ごしてない。

それに、依頼理由には女性関係の面倒ごとを避けたいという一面もあったはず。

最初はお見合いの代行、その後の結婚式の二次会での再会を経《へ》て、私が常盤沙矢だと分かった上で、梶峰さんは依頼を持ちかけてきた。

おそらくそれは彼の中では自然なことで、直面している悩みを解消できると考えたんだろう。

だけど私自身はどうだろうか。

彼と付き合いのある複数の女性を演じてみて、力不足を痛感しているのも事実。大好きな芝居が出来るとはいえ楽しいだけではやっていけない中、彼が望む演技が出来てるんだろうか。

そもそも依頼を受ける段階でも話は出たけど、〈オフィス・クランベリィ〉には私以外の女優だっている。みんなプロだし演技は私なんかより上手い。

梶峰さんが話が出回ってしまうことを危惧してることだって、守秘義務があるからそれを守れないスタッフは一人もいない。

そこまで考えて、芝居相手は私でなくてもいいんじゃないかと思うと、心の奥にズクンと鈍い痛みが走る。

どうしたって梶峰さんと過ごすことで、沸き起こる感情に心を振り回されてしまう。

(でも……)

私だってプロだ。あれは全て演技なんだから、契約は守れる。だから切り替えなきゃいけない。

そう決意してトレイと一緒に食器を返却し、フロアに戻る途中で自販機に立ち寄った。

「常盤さん……」

この数日何度も何度も聞いた声が私を呼び止めて、逃げ出したい気持ちを堪《こら》えて振り返る。

「CEO、お疲れ様です」

「梶峰で良いよ」

「すみません。お名前をお呼びするのは緊張してしまって」

「そんなに畏《かしこ》まらないでくれないかな」

何を買うつもりだったのかと、サッと自販機の前にさりげなく立つと、周りに向けるのとは違う優しい視線で見つめてくる。

「あの」

「飲み物くらい奢《おご》らせてよ。ね？」

「じゃあ、ブラックをお願いします」

「了解」

長い指がボタンに触れ、電子決済のピッという電子音の後に、ゴトンと缶コーヒーが落ちてくる音がする。

「はい、どうぞ」

「ありがとうございます」

缶コーヒーを受け取る時に、指先が触れて妙な緊張が走る。

（そうだ。私、昨夜、梶峰さんと一緒のベッドであんなことを）

指先の僅《わず》かな熱を感じてしまったからか、抱き締め合った感触が生々しいほど蘇《よみがえ》ってきて、咄《とっ》嗟《さ》に視線を外してそっと息を吐き出す。

「ごめんね」

突然小さな声が、私の背中に向けて投げかけられた。

「……それってどういう」

まさかもう契約を打ち切るという意味だろうか。

「忘れてくれて大丈夫だから。例の案件は引き続き常盤さんにお願いするから楽しんでね」

けれど梶峰さんが口にしたのは、想像とは反対の言葉だった。

(忘れるって、何を?)

じゃあねと梶峰さんがその場を離れていく背中を、ただ呆然と見つめるしか出来なかった。

◆◆◆

冷え切った缶コーヒーの缶の縁に指をかけて、グラグラと不安定に揺らす。

梶峰さんが常盤沙矢《わたし》にくれたもの。

それは謝罪の品でしかなくて、他に意味なんてないって分かってても、私が自分として梶峰さんから貰ったものに執着《しゅうちゃく》が生まれる。

指先が触れたなと、何気なく手を見つめてみるものの、あんなのはきっとなんでもないこと。なんの意味もない。

だけどこの缶コーヒーを見ていると、指が触れた瞬間のジリジリ痺《しび》れるような、カッと全身が熱く燃え上がる感触が蘇《よみがえ》る。

(ダメだ。ちゃんとしよ)

相変わらず梶峰さんのいるCEOの部屋からは見えない位置を陣取って、データ入力と画像ファイルの整理に取り組んでいると、突然メッセージアプリの通知音が鳴り響く。

慌ててバッグの中をゴソゴソと手で探って、どのスマホに着信が来たのか確認する。

画面を見るよりもマナーモードのスイッチを確認した方が早いと、音が鳴る設定になっていたスマホを見つけ出して取り出したところ、案の定メッセージが一件届いている。

【今晩空《あ》いてるか】

昨夜のことと缶コーヒーの件があって、少なからず梶峰さんに対して不安が芽生えていたから、メッセージを見るなりどこかホッとする自分に情けなさが込み上げる。

これはあくまで仕事で、梶峰さんは私個人にメッセージを送っている訳ではないと、気を引き締めて頼りない自分を叱咤する。

とりあえず手にしたスマホをマナーモードに切り替えて、宛名のないメッセージに戸惑いつつも、このカバーは沙苗のものだと思い出して返信内容を考える。

馬場《ばば》沙苗《さなえ》、都内某所のレストランでソムリエとして働く二十八歳。

仕事柄夜勤が多い彼女は、このくらいの時間なら寝ている場合もある。

私はスマホをデスクに伏せて置くと、データ整理の仕事に戻る。

今私が仕事中なのは梶峰さんも承知してるはず、それなのにメッセージを送ってくる意味。

『忘れてくれて大丈夫だから。例の案件は引き続き常盤さんにお願いするから楽しんでね』

あの言葉の意味を考えると契約はまだ続いていて、梶峰さんは沙苗と会いたがっているんだから、しっかりしなきゃいけない。

昨夜のことは何かの間違いか、あるいは梶峰さんが悪ふざけした結果起こったアクシデント。

そして私の中でザラザラするこの思いも、演技の代償として生じたものに過ぎないと、そう自分に言い聞かせる。

定時になってようやく仕事を終え、まとめたデータを共有フォルダに保存して、確認のメールを送信する。

「ふぅ。こっちは片付いたね」

そう呟いて伏せたままのスマホを手に取ると、気付かないうちにメッセージがまた届いていた。

【仕事なら返事は良い。また連絡する】

昨日の今日で、私が戸惑っていると思っての配慮だろうか。

メッセージの意味を読み取れないまま、握り締めたスマホに文字を打ち込んでいく。

【今起きた。どうしたの唐突だね】

こんな時なのに、私はまだ芝居が出来ることが嬉しくて仕方ない。そんな自分が嫌になる。

相手が沙苗ならばオフィスから彼女の家は近い。ただ、私の姿で自宅に出入りするのはリスクがある。

今度は私のスマホで、汰一さんに事情を説明するメッセージを送る。

すぐに汰一さんから折り返しの連絡が来て、事務所のスタッフが職場近くのカフェに沙苗の衣装を届けてくれることになった。

「お先に失礼します。お疲れ様でした」

誰にという訳でもなく、癖になった挨拶を済ませてオフィスを出て、待ち合わせのカフェに向かう途中で、梶峰さんからまたメッセージが届く。

【久しぶりだし、ミュージカルでもどうだ】

この内容に慌てたのは言うまでもない。

提案された公演はなかなかチケットが手に入らないもので、開場が十八時で開演は十九時。

スマホで時間を確認すると、十八時を過ぎている上に、まだ衣装が用意出来ていない。

幸い劇場がオフィスの近くとはいえ、この状況では間に合うかどうか分からない。

【ホントに突然。なのに釣る餌が豪華でムカつくわ】

汰一さんに緊急連絡で電話をかけると、向かっているスタッフが判明したので、すぐに電話連絡して緊急事態だと急《せ》かす。

カフェではなく駅前で合流して荷物を引き取ると、その場で解散して駅のトイレに駆け込み、急いで着替えを済ませてウィッグを被る。

沙苗はショートカットだから少し手間取って、それだけで五分ほどロスした。

駅の改札に四十五分に到着すると打ち込むと、梶峰さんから迎えに行くとすぐに返信が入った。

トイレの個室を出てレストスペースで沙苗の作り込みをするけれど、どうしたって時間が足りないのでひとまず瞳が大きくなるようにカラコンを入れて、強めにアイラインを引く。

完成度の低いヴィジュアルに納得は出来ないけれど、仕方なく苦肉の策でマスクを着け、髪を整えて仕上がりを確認する。

グレーのマキシ丈のマーメイドスカートに黒のニットはハイネック。バーガンディのサイドゴアブーツを履《は》き、ライダースジャケットを腕にかける。

マスクを着けたことでだいぶ誤魔化せたけど、顔はほぼほぼ私のままになってしまった。

改札を出てロッカーに荷物を突っ込んで、何事もなかったように、改札前のマフィン屋さんの前でスマホを片手に人待ち顔を装《よそお》う。

「沙苗！」

昼に顔を合わせたはずの梶峰さんは、楽しげに笑ってやって来た。

◇◇◇

昨夜のことがあり、常盤さんとは距離を取るべきだと思った。あってはいけない事態を起こしてしまったから。

だけど彼女はあの時も凛菜を演じてた。だから沙矢と呼ばれて困惑したのだと、そう思うことで自分自身を無理やり納得させた。

それに常盤さんへの感情は、手の届かない星に焦《こ》がれるようなもので、実際の彼女を微塵《みじん》も知らない俺が、本当に彼女を好きだとは到底思えない。

色んな感情が濁流のように押し寄せ、欲望に火がついて彼女を求めようとしたのは、本当に浅はかだった。

常盤さんの演技がリアルすぎて、俺と体の関係を持つ女性だと思ってしまい、容易に手を出すことが許される気がして、俺は正誤の判断すら誤った。

この依頼は、周りから見て俺が派手に遊んでるように見えれば良いだけの話。

あまりに様相を変える彼女を見ているのが楽しくて、彼女との間に信頼以外に育《はぐく》むものは最初からないことをすっかり忘れてしまっていた。

今日も、少し意地悪な気もしたが、休憩ブースで常盤さんを見かけたら我慢なんか出来なくて、彼女ならきっと楽しんでくれるんじゃないかと誘いの連絡を入れた。

【今晩空《あ》いてるか】

馬場沙苗とは、彼女が務めるレストランで出会い、後日ワインの卸《おろし》業者が企画した試飲会で再会して意気投合した設定だったはずだ。

職人気質で人見知りなところがある沙苗の好きなものは観劇で、とにかくミュージカルには目がない。

「まだご機嫌斜めか」

「ホント信じられない。こっちの都合お構いなしすぎる。梶峰さんはそういうとこがあるよ」

乾燥で喉を痛めてるという沙苗の声は、確かに掠《かす》れていて話すのが辛そうにも聞こえる。

「だけどミュージカルは楽しかっただろ」

「だから、そういうところだってば！」

グーに握った手で思いっきり横っ腹を殴られるけど、その気安さがいかにも沙苗らしい反応で、俺はどこかホッとしている。

（やっぱり常盤さんが演じる女性と過ごすのは楽しい）

咳を我慢するような仕草に、背中をさすってやると、片手を上げてありがとうと短い言葉が返ってくる。

常盤さんの演技は、昨夜のようなことがあってもやっぱり本物で、まるで当たり前みたいに沙苗が存在している。

「梶峰さん、上の空っぽいけど解散する？」

沙苗を演じる常盤さんの声がして我に返り、食事に行かないかと誘う。

遠くて決して掴むことが出来ない星なら、せめてその輝きを見られるだけ見ていたい。

良くないとは分かっているけど、常盤さんとのこんな時間が過ごせなくなると思うと、心に隙間風が入り込んでくる。

「食事？　洋酒が出るとこは仕事のこと考えちゃうからなあ」

「それなら中華とか和食にしよう」

「喉痛いから中華はパスかな。辛いの食べたくなっちゃうし」

「和食か」

「〈千羽鶴〉とか、あの辺のチェーン店でも良いよ。梶峰さんには似合わないけど」

可笑しそうに肩を揺らしたかと思うと、何かを想像したのか、笑えるねと爆笑してバシバシと肩を叩いてくる。

「笑いすぎじゃないか」
「だって、そんなオーダーメイドのスリーピーススーツ着こなしてるのに、ハイ喜んでーって居酒屋、似合わなすぎでしょ」
「だったらそこで決まりだな」
「ホントに負けず嫌いだね」

掠《かす》れた声でカラカラと笑う女性は、やはり常盤沙矢ではなく、馬場沙苗なのだろう。

雑談をしながら駅前の居酒屋に入ると、スッと表情や雰囲気が変わった常盤さんが、緊張した雰囲気で耳打ちするように呟く。

「〈エトワールブライズ〉の社員がいます。場所、変えますか」
「ちょうど良いよ、他のデートもバレてるみたいだから」

俺はわざと彼女の腰を抱き寄せ、愛想の良い店員に個室の空《あ》きはないか確認して案内してもらう。

常盤さんは人目が気になるのか、俯いて顔を隠すような仕草を見せるが、構わずに抱き寄せたまま個室に向かう。

途中、確かに何人か見知った顔があった気がするが、そもそも俺が女性を取っ替え引っ替えしていることを印象付けるための依頼だ。

「ホントにこの店で良かったの？　注文の仕方知ってる？」

個室に入った安堵感からか、彼女は饒舌《じょうぜつ》になって会話が弾む。個室だが、沙苗としての演技をやめるつもりはないらしい。

そもそも常盤さんが俺と二人きりで、彼女としての顔を見せてくれることを期待してはいけないのかもしれない。

彼女は役者で、現に今だってレストランでの客からのクレームや、将来的には地元に帰って小さなワインバルを開きたいなんて話が次から次へと湧いて出てくる。

馬場沙苗という人生を演じているなんて思っては失礼だと反省しながら、それでもキラキラと目を輝かせて沙苗の言葉を紡《つむ》ぐ常盤さんから目が離せない。

「引っ込み思案じゃないけどさ、私って人見知りでしょ」

「今日はよく喋るけど」

「もう、話の腰折らないでよね」

「悪かったよ。でも俺の最初の誘いにはどうして乗ったの」

「そうだねえ、お酒の知識の話題って人を選ぶでしょ。だけど仕事仲間だと変にライバル心もあったりで、中身がある話って意外と出来ないからかな」

「確かに、試飲会で会った時も今みたいに饒舌《じょうぜつ》だったかもしれないね」

「ごめんね、好きなことの話になると歯止めが利かなくて」

「沙苗が開くワインバルなら行ってみたいね」

「ど田舎《いなか》だよ？　虫とか苦手そう」

「そんなことないよ」

「どうだかね」

日本酒を片手に楽しげに笑う彼女は気付いているだろうか。

俺のこんな邪《よこしま》な気持ちの存在に。

◆◆◆

思いがけず人気のミュージカルを観劇することが出来て、今日のミッションは、スタートがドタバタしたけれど楽しい時間が過ごせた。

居酒屋の一画に佇《たたず》む梶峰さんはなんとも不釣り合いで可笑しかったけど、沙苗と会話する梶峰さんはとても楽しそうで、私も楽しい反面とても辛かった。

未愛、マキ、そして凛菜を演じて梶峰さんの恋人として過ごす時間が、どうしたって私の感覚を狂わせる。

梶峰さんは素人《しろうと》なのに演技が上手い。

大根とはいえ役者の私の演技に釣られているとしても、常盤沙矢ではなく、私が演じる彼女たちとの時間を楽しんでいるようにしか見えないからだ。

だから、常盤沙矢という空《から》っぽな私は、梶峰さんに熱のこもった視線を向けられたり、優しい手に触れられたりする度《たび》に心の奥がザラザラする。

「嫌になっちゃうな」

家に帰って、電気もつけずに真っ暗な部屋でへたり込むと、上辺だけだとしても彼女たちを演じる私に向けられる、好意のような感情に焦燥感が募った。

(だって私は……)

嫌な感情に振り回されそうになった瞬間、バッグの中でスマホが震えてハッとする。

手繰《たぐ》り寄せたバッグの中からスマホを取り出す。もしかしたら梶峰さんから今日の続きで何か話があるのかも、そう呑気《のんき》に構えていた自分が恥ずかしくなった。

「……どう、して」

画面に表示された非通知の文字に、一気に現実に引き戻される。

私みたいな人間が、仮初《かりそめ》でも誰かの心の中に入り込める訳がないだろうと、嘲笑《あざわら》われている気がして体が震えた。

一向に鳴り止まない非通知の着信が、ジリジリと迫り来る導火線の火のようだった。心臓がバクバクと大きな音を立てて暴れ始める。

「誰か、お願い……誰か助けて」

呟くと同時に着信が止んで、気が付いたら冷たくなった震える指で汰一さんに電話をかけていた。

一コール、二コール、三コール。

待たされる数秒が、五分にも十分にも感じて焦りと恐怖が募る。

『おぉ、どうした沙矢』

「汰一さん！　良かった……出てくれた」

スマホの向こうから汰一さんの声が聞こえた瞬間、色んな思いが込み上げてきて嗚咽《おえつ》が漏《も》れる。

『おい、何があった』

「ごめ、ごめん、なさい。ごめんなさい……私」

『お前、今どこにいる』

「家に」

『分かった。すぐ行く』

　私の異変に気付いた汰一さんは、そのまま電話を切らずに会話を続けてくれる。

『電話に出られるタイミングで良かったよ』

「ごめんなさい」

『謝るな。いつも言ってるだろ』

　私がこんな風におかしくなるのは、今日が初めてのことじゃない。

　非通知の電話は切っかけに過ぎなくて、私は言えない心の闇を抱えて生きている。

　汰一さんは、その闇を把握している数少ない人の一人で、私は今みたいな状態に陥《おちい》った時、こうして汰一さんに甘えて頼ってしまう。

　本当は一人で乗り越えないといけないのは分かっているけど、どうしても体が震えて身動きが取れなくなるのだ。

　スマホの向こうから、大丈夫だからと安心させるように、言葉をかけ続けてくれる汰一さんの声が、どれほど私にとって救いになっているか。

　電話を切ってしまったら、またいつ非通知の着信が鳴り響くか分からない。それを説明しなくてもこんな風に対応してくれる汰一さんの存在がありがたかった。

そして電話をかけてからどれくらいの時間が経ったのか、汰一さんの声を聞いているうちに、ようやく落ち着きが戻ってくる。

『沙矢、お前本当に家にいるのか？　まさか、依頼中の女の家か』

「いえ、自宅にいます」

『本当か？　真っ暗だぞ』

汰一さんがそう言った後、玄関のチャイムが鳴った。

『押したの俺。玄関開けられるか』

「ちょっと待ってください」

のろのろとテーブルに手をついて立ち上がり、壁伝いに玄関に向かってドアスコープを覗き込む。

「今、鍵開けますね」

汰一さんの姿が見えて安堵しつつ、ドアロックを外して鍵を開けると、玄関のドアがゆっくりと開いた。

「どうしたんだ、沙矢」

「ごめんなさい汰一さん。私、怖くて、それで」

「分かった。とりあえず中に入ってゆっくり聞くから」

汰一さんは再び嗚咽《おえつ》し始めた私を、幼い子どもをあやすみたいに抱き締めると、後ろ手に玄関の鍵を閉めて靴を脱いだ。

それから慣れた様子で電気をつけながら私を居間に連れていって、お気に入りのクッションを抱かせて座らせると、キッチンでコーヒーを淹《い》れてすぐに居間に戻ってくる。

「顔が真っ青だな。毛布出すか？」

「大丈夫です」

マグカップを受け取って、コーヒーの香りを嗅《か》ぐと、ようやく一人きりではない実感が湧いて気持ちが落ち着いてくる。

「それで？　一体何があった」

隣に座り込んで足を伸ばすと、汰一さんは私の顔を覗き込んで、話してごらんと更に声音を優しくした。

「非通知の電話が、かかってくるんです」

最初は間違い電話かもしれないと思っていた。

だけどさすがに同じことが何度もあると、良くない心当たりがある私は、その相手の仕業《しわざ》だと思うようになり、非通知の文字が見えるだけで怖くなった。

今日までに四回着信があったことを伝えると、汰一さんは険しい面持ちでどうしてもっと早く言わなかったのかと厳しい言葉を吐き出した。

「いつだ。いつから続いてる」

「梶峰さんとの、代行お見合いの日からです」

「かなり前じゃないか」

汰一さんは溜め息交じりに、前髪をグシャッと掻きむしるようにして頭を抱える。

「ごめんなさい」

「いや、お前を責めてるんじゃないんだよ。異変に気付いてやれなかった自分が情けなくてな」

「そんなことないです」

「いいや。お前一人でどうにか出来ることじゃない。とにかくスマホはすぐにでも解約し……」

汰一さんがそう提案したそばから、テーブルに置いていたスマホが着信で震え、画面には非通知の文字が表示される。

「とりあえず俺が出るわ」

「でも」

「いいから。静かにしてろ」

汰一さんの大きくてあったかい手が、私の頭を乱暴に撫でると、そのまま着信で震え続けるスマホを掴んで画面をタップする。

私は震えて硬くなる自分自身を抱き締めるようにして、息を呑んだ。

「もしもし」

汰一さんがいつもより低くて苛立ったような声で電話に出ると、スマホのスピーカーから男性の声が聞こえてきた。

『夜分に失礼します。私、ＡＧ不動産の永田《ながた》と申します。常盤沙矢様のお電話でしょうか』

思わず悲鳴を上げそうになるのを、両手で口を覆《おお》って押し殺す。

やっぱり相手は、私の番号だと分かって電話をかけてきている。

「は？」

『ご希望の物件のご案内で、常盤様にご連絡させていただいているのですが』

口調は流暢《りゅうちょう》だけど、明らかに会話の内容がおかしい。

そもそも私は部屋探しなんてしていないし、不動産屋が非通知で電話してくること自体おかしな話だ。

こちらを見る汰一さんに首を横に振ると、分かってると言う代わりに私の肩に手を添えて力を込める。

「いや、意味分かんねえ。コレ俺の番号だけど、かけ間違いじゃねえの」

『……常盤様の、番号ではないんですか』

「はあ？　誰だよそれ。つか、おたくさ、ここ最近ずっと非通知でかけてきてる？　クソ迷惑なんだけど」

『申し訳ございません。手違いがございましたようで、大変失礼いたしました』

謝罪の言葉を残して電話は切れた。汰一さんはスマホを操作して非通知をブロックするよう、その場で設定してくれた。

「とりあえず沙矢、今度は番号を通知してかけてくる可能性がある。登録してる番号以外からの電話は取るな。明日仕事帰りに迎えに行くから、スマホは新しい番号で契約し直せ」

「分かりました。あの、汰一さん」

「沙矢が言いたいことは分かる。それについては俺の方で調べるから、お前は気にしなくていい。だけどちょっと厄介だな」

「まさか家までバレてないでしょうか」

「それなら非通知で脅しをかけるようなマネはしないだろうな。特定されたのは番号だけだろう。心配するな」

「……はい」

しっかりしろと肩を掴まれて、私は力なく笑う。

汰一さんがここまで親身になってくれるのには、一人で背負うには重すぎる理由がある。

ここまでしてもらうことを申し訳ないとは思うけど、私は汰一さんの優しさに甘えるしかなかった。

▲▲▲

沙矢が寝付くまで、そばにいる約束をした。

だから晩飯の用意をして無理やり食事を取らせると、風呂を沸かして入らせ、くだらない話で気を逸らして重たくなった空気をなんとか払拭《ふっしょく》した。

「本当だって」

「必死なのが嘘っぽいんですよ」

「嘘じゃないよ。今度直接聞いてみろって」

「じゃあそうします」

まだ本調子ではないが、来た時には血の気の失せていた顔色も、だいぶ見られる様子になってきた。

たわいない雑談をしたおかげか、沙矢はようやくベッドに入るとすぐにうとうとし始めて、部屋が一気に静かになった。

「汰一さん、鍵は閉めたら玄関ポストから中に放り込んでくださいね」

「分かってるよ。いいから寝ろ」

「ありがとう、汰一さん」

夢現《ゆめうつつ》の沙矢の顔を見ていると、初めて会った日のことを思い出す。

俺が沙矢に出会ったのは、沙矢が小学校に上がる前だ。

今と変わらない真っ黒で艶のある髪を二つ結びにして、いつも可愛らしいリボンをつけていたのが印象に残ってる。

沙矢の母親は芝居好きで、俺の劇団の舞台をよく観に来ていた。あの頃は小劇場に子どもが来るのは珍しくて、俺が人生で初めてもらったファンレターは沙矢がくれたものだ。

小さな女の子が、目を輝かせて舞台で感じた興奮を語る姿は、見ているだけで微笑ましくて癒やされた。沙矢の存在にどれだけ励まされてきたか分からない。

週末に限らず、母親に連れられて芝居を観に来る度《たび》に、どこでどんな劇を観たのか、興奮した様子で得意げに話してくれた。

だけど沙矢の母親の死を切っかけに、沙矢の置かれた環境はガラリと変化して、劇場で会う機会がなくなった代わりに、俺たちは文通をするようになった。

母親が亡くなって親戚の家に引っ越すからと、新しい住所を記した手紙が届き、辛い思いをしていることだろうと、俺は毎回丁寧に返事を出した。

沙矢の手紙はいつも元気さを感じさせるもので、学芸会で村人役なのに目立ってしまったとか、中学では演劇部に入って基礎練習がキツいとか、演劇に関わるのがよほど楽しいのか文章はキラキラしていた。

それは高校に上がってからも変わらず、コンクールで入賞した話や、大学ではサークルに入らずに劇団に所属したと、どの手紙にも毎日が楽しくて堪《たま》らない様子が綴《つづ》られていた。

だから手紙のやり取り程度のことでも、母親を亡くして心細いだろう沙矢を、俺が元気付けてやれていると勝手に思ってた。

だけど俺は沙矢の置かれた状況に、長い間気付いてやることが出来なかった。

（……ごめんな、沙矢）

沙矢の父親は、沙矢の母親の死を受け止め切れずに酒に溺れ、後の継母《ままはは》となる女を家に連れ込んだ。沙矢は俺にキラキラした手紙を書いてる間も、ずっと酷い虐待を受けていた。

親戚の家に引っ越したというのは嘘で、友人の家に手紙が届くようにしていたらしい。

そうしておかなければ手紙は継母《ままはは》に取り上げられて、虐待の告げ口をされかねないと、二度と俺に連絡が取れないようにされてしまう。それを防ぐために必死に考えたのだろう。

それなのに、俺がそのことに気付いてやれたのは、既に沙矢が成人を迎えた後だった。

再会した当時の沙矢は、体重は身長に見合わず四十キロを下回っていた。ガリガリで骨が浮いた体、骸骨《がいこつ》のようなこけた頬に落ち窪《くぼ》んだ目。

それでも心の底から嬉しそうに、汰一さんと俺を呼んで駆け寄って抱きついてきた頼りない沙矢を、体が折れてしまいそうなくらい強く抱き締めずにはいられなかった。

「本当にごめんな、沙矢」

ようやく落ち着いて、ベッドで寝息を立てる沙矢の寝顔をそっと撫でると、まだ沙矢を苦しめる元凶を排除してやれないもどかしさに、自分の無力さに苛立ちが募る。

沙矢が芝居にのめり込むのは、自分を自分として受け入れることが出来ないからだ。沙矢は長い虐待のせいで、自分の存在を認めることが出来なくなってしまっている。

だから他の誰かを演じてさえいれば、それが沙矢ではない誰かだったとしても、存在していい理由になる。

(そんなに哀しいことが、あって良いはずがない)

あんなにキラキラした目で芝居を観た興奮を語っていた女の子が、他人を演じなければ生きられないと思い込んでいる姿は酷く痛ましく、そんな理由で演技をして欲しくはない。

だけど俺は全てを知っているからこそ、沙矢から芝居を奪うことが出来ない。

沙矢の半生を知った俺に、そんな酷《こく》なことが出来るはずがなかった。

だから俺は、梶峰さんからの依頼に一縷《いちる》の望みをかけた。

沙矢に好意を持っているらしき梶峰さんの提案した彼女たちを演じることで、沙矢自身が自分を取り戻し、愛は虚構ではなく温かいものだと、母親が与えてくれたものを思い出すのではないかと期待した。

梶峰さんの依頼を受けてからの沙矢は、イキイキしていた。それは毎日報告のメッセージが届いていたので充分把握している。

それなのに、とんだ邪魔が入ってしまった。

なぜまだあの親は沙矢に執着《しゅうちゃく》するのか。非通知の電話は、沙矢の親が仕かけてきたものに違いない。

（早く芽を潰さないと）

今までも出来る限りのことはしてきたつもりだが、それでもまだ、沙矢を苦しみから完全に解放してやることが出来ない歯痒《はがゆ》さで、思わず舌打ちする。

沙矢は自分を認めていない。それは親から受けた酷い虐待のせいで、自分なんかが生きていてはいけないと思い込まされているからだ。

だから俺は仕方なく『人材レンタル』の仕事を沙矢に与えて、沙矢の心のバランスを取ることにした。

そんなことでは何も解決しないことは分かっていても、俺が与える愛情では沙矢を本当に救い出すことが出来ない。

情けないけど、出来はしなかった。

「梶峰さんは、信用に足る人かな」

つい心の声が口から漏《も》れる。

確かに沙矢は演技が好きだが、それは自分を保つために仕方なくのめり込んできただけだ。しかし、梶峰さんを連れてきた時の、あの芝居が楽しくて仕方ないとばかりのキラキラした笑顔は久々に見た。沙矢のあの純粋な笑顔を取り戻したい。

（あの人なら、お前を救ってくれるかもしれないな）

「なあ沙矢、お前もそう思ってるんじゃないのか」

静かな寝息を立てる沙矢に語りかけると、俺は決意を固めて立ち上がる。

居間のテーブルに置かれた家の鍵を握り締め、電気を消して玄関に向かい、靴を履《は》く。

寝室から僅《わず》かに寝言のような声が聞こえて、うなされているのかと心配になるが、しばらく様子を見ているとまた静かになってホッとする。

そして音を立てないように外に出て鍵を閉め、約束通り、ドアのポストから家の中に鍵を戻した。

「絶対にお前を守ってやるからな」

玄関のドアに向かって呟くと、コーポの階段を下りて車を停めた駐車場に向かう。

今の俺に出来ることは全てするべきだ。だから弁護士に伝手《つて》のある知人に連絡を入れると同時に、興信所を介して沙矢の親の同行を探るよう準備を整える。

何をするにしても、今回に限ってはやりすぎるということはないので、徹底的に叩き潰す勢いで根回しをしていく。

「始末出来るものなら、始末してやりたいけどな」

物騒なことを呟いている自覚はあるが、娘同然の沙矢を苦しめる奴は、たとえ親だろうと容赦しない。

そして車に乗り込むと、再びスマホを取り出してメッセージを打つ。

【お世話になります。お話ししたいことがありまして。遅い時間に申し訳ないのですが、この後のご予定はいかがでしょうか】

もうすぐ日付が変わろうとしている。

幸いなことに既読はすぐについた。

そして俺は梶峰さんからの返事を確認すると、再びメッセージを送ってからエンジンをかけ、心を決めて車を走らせた。

◇◇◇

沙苗を演じる常盤さんとミュージカルを楽しんで、昨日の気まずさを少しは取り除けたかもしれないと、俺は呑気《のんき》に思い込んでいる。

そうだ。

彼女はあくまでも依頼を受けて仕事をしているだけであって、あれは全て演技に過ぎない。

それなのに俺は、そんな常盤さんの真剣な演技を邪魔するような、酷いことをしてしまったんだと思うと猛烈な後悔に襲われた。

（本当に、何をやってんだか）

自分の馬鹿さ加減に嫌気が差してなかなか寝付けず、ベッドから出てキッチンに移動する。

明日も朝から会議だっていうのに、頭の中は常盤さんのことでいっぱいで、これでは本末転倒も良いところだ。

「寝酒でも飲むか」

俺は別に、恋をするために『人材レンタル』を依頼した訳じゃない。

もちろん一番の理由は、望まない縁談を遠ざけるためだけど、むしろ恋だの愛だの、そういったしがらみが嫌で、常盤さんという役者に協力を仰いだはずだった。

「だけどなあ」

つい女々しい言葉が口から漏《も》れる。

彼女はあまりにも個性的で、魅力的で、俺にとっての影響力が強すぎる。

ブランデーを注いだグラスを片手にリビングに移動すると、こんな時間なのに寝室からスマホが震える音がした。

（こんな時間に誰だろう）

充電ケーブルを外して、暗くなった画面をタップすると、メッセージが一件。

ロックを解除してメッセージアプリを開き、意外な人物からのメッセージに驚く。

【お世話になります。お話ししたいことがありまして。遅い時間に申し訳ないのですが、この後のご予定はいかがでしょうか】

〈オフィス・クランベリィ〉の社長、常盤さんの雇用主である香川汰一さんからのメッセージで、俺はなんとなくお話とやらに見当をつける。

【お世話になります。どちらに伺いましょう】

お叱りを受けるのか、依頼半《なか》ばにして契約解除か。どちらにしても身に覚えがありすぎて、先方からそう言われたら返す言葉もない。

【込み入った話になります。ご自宅の最寄駅付近で、人払いが出来る場所は思い当たりますか】

香川さんの返信に自宅で良ければと返信すると、いよいよ腹を括《くく》って小さく息を吐く。

家には大したものはないが、香川さんが運転してくるなら酒は出せない。

家の中をざっと見回して大まかに片付けを済ませてフロアモップをかけ、飲み損なったブランデーをシンクに流し、紅茶やコーヒーのストックを確認する。

そもそも家に人を招くことがないので、もてなしの用意が整っていない。

「ティーセットが確か、棚のこの辺に……あった」

誰の式か覚えちゃいないが、引き出物のティーセットを洗っていると、テーブルに置いたスマホがけたたましく鳴り響く。慌てて取りに行くと画面には香川汰一と表示されている。

「もしもし梶峰です」

『夜分遅くにすみません。香川です。ご自宅付近に着いたので、ご連絡をしました』

「起きてたので気にしないでください。８０１号室のチャイムを鳴らしてもらえますか」

『では今から伺いますね』

短いやり取りで電話を切ると、ケトルでお湯を沸かし始める。

お湯が沸く音が響き始めた頃、タイミングよく香川さんは部屋にやって来た。

「わざわざお越しいただいて申し訳ありません」

「いえ、突然のことにご対応いただいて、こちらこそありがとうございます」

香川さんをソファーに案内すると、コーヒーを用意して早速俺もソファーに腰かける。

「それで、わざわざいらしたのは、どういったお話があるからでしょうか」

「うちの常盤……沙矢のことです」

「常盤さん、ですか」

だいたい見当はついているのに、俺は卑怯にも話が見えないそぶりで香川さんの顔を窺う。

「沙矢は、芝居しか知らない子です」

香川さんはそこで一旦区切ると、娘みたいなものなので分かっています、と照れくさそうに頭を掻く。

「梶峰さんの依頼を受けて、あいつは人生を学んでいます」

「人生、ですか？」

どうも話の筋道が分からず、俺は香川さんを見つめて首を傾げる。

「そうです。その中で疑似恋愛を体験してるんです」

「……疑似恋愛」

「沙矢は愚直です。人との関わりが苦手な訳じゃないですが、懐《ふところ》に飛び込む勇気はないんです」

「え、そうですか？　そんな風には……」

役に入っているとはいえ、俺の前ではコロコロとよく笑っていた。それが芝居だとしても人の心にスッと入り込む才能ならあると思う。

「梶峰さんがそうお感じになるなら、沙矢が自然と梶峰さんから、悪意やそれに似たものがないことを感じ取ってるのだと思います。だからこそ今回の芝居を続けさせてやりたいんです」

邪《よこしま》な恋情は悪意には取られないのかなと思って苦笑するも、話の続きが気になって、それが芝居とどう繋がるのか香川さんに問いかける。

「そうだとして、この芝居を続けさせようとするのはどうしてですか」

「沙矢は早くに母親を亡くして、父親と後妻から虐待を受けて施設で育った経験があるんです。愛というものを見失ってしまった子です」

「……そんな苦労が」

陣野真弓としての彼女に再会した切っかけの人物、徹平の奥さんも確か施設の出ではなかっただろうかと、ふとそんなことを思い出す。

「本人は芝居に没頭出来たからと、あまり気にする様子はないですが、愛情、人を思う、思われる。そういう感覚が欠落してるところがあるんです」

「でも、疑似恋愛ならそれは良い方向には向かわないんじゃないですか」

「上辺だとしても、人を思って心が温かくなる、苦しくなる。そういう当たり前の感情を、演技の中でも良いから感じ取らせてやりたいんです」

「それはなんのためにですか」

「簡潔に言えば私の自己満足です。だけど愛には喜怒哀楽全てが詰まってます、親が与える無償の愛以外でも、優しいものだと知って欲しくて」

「つまり香川さんではそれを与えられないということですか」

「小さい頃から知ってるんでね、さすがに男として愛してやるのは無理なんですよ」

　常盤さんの複雑な事情を知ったことで、彼女が芝居にのめり込む理由もなんとなく分かってしまう。

「香川さん」

「はい」

「一つお話ししておきたいことがあるんです」

　俺は常盤さんの話に触れて、身勝手にも彼女自身との距離を縮めたいと思い始めている。

「沙矢の仕事に関わることですか」

　香川さんはいわば常盤さんの父親的存在なのだから、これを話さないのはフェアじゃない気がする。

　だから祖母の言葉を、香川さんには伝えておくことにした。

「私が見合いを断るための条件があるんですが……」

そうだ。

俺が心から愛する相手がいれば、祖母からの縁談を受け入れなくて済むんだから。

◆◆◆

朝起きるとすぐに玄関のドアポストを開けて、汰一さんが置いていった鍵を回収する。

もう怖くないと言えば嘘になるけど、昨夜はあんなに怖かったのに家に引きこもっていたいとは思わない。

（汰一さんのおかげで、朝まで眠れたな）

昨夜は気が動転して恐ろしいことしか考えられなかった。でも、私が寝付くまで汰一さんが家にいてくれたからか、夢にも汰一さんが出てきて守ってくれた。

私自身の問題だし、どうしても頼っちゃいけないと思ってしまうけど、汰一さんは小さい頃からずっと私を見守ってくれている親みたいな人だから、下手に遠慮して隠しておく方がきっと迷惑をかける。

心配をかけてしまうのは本意じゃない。でも、たとえ昨夜のような小さな芽でも大事《おおごと》になってからじゃ遅い、そう自分に言い聞かせて大きく深呼吸をした。

早いもので今日は金曜日。

このところ毎日のインパクトが凄くて一、二ヶ月経ったような気さえするけど、よく考えたら私が陣野真弓だと梶峰さんにバレてから、ようやく一週間経ったに過ぎない。

「今日も誰かと会うつもりなのかな、梶峰さん」

汰一さんと仕事帰りにスマホを買いに行く予定があるので、時間の調整は必要だけど、もしも梶峰さんが求めるなら依頼なんだから応《こた》えないといけない。

そう思うと胸の奥がチリッと痛んだ。

梶峰さんは役者として私を必要としている。私が役者だからこそ、彼の私生活に踏み込むような真似が出来たのかもしれない。

「本当なら、私なんかが梶峰さんのあんな姿を見られるはずがないんだよね」

声に出して呟くと、心の奥が抉《えぐ》られたみたいにもっと痛んで苦しくなる。

期待しちゃダメだと分かっているのに、沙矢ちゃんなんて呼ばれたのを思い出すと、演技ではない自分が求められているのかもと思いそうになる。

だけどその時ふとスマホが目に入って、昨夜のことを思い出した途端、それまで刷り込まれた嫌な感情に、一気に心が侵食されてどす黒く染まっていく。

（ダメだよ。私なんかが、誰かのそばに立てるはずもないのに）

そして陰鬱《いんうつ》な気持ちのまま、用意したトーストにスクランブルエッグ、ハムとレタスを挟んで頬張ると、ホットミルクを飲んでいつもよりゆっくりと出勤前の時間を過ごした。

このところ毎日が目まぐるしくて頭が混乱するけど、梶峰さんの依頼を受けてから、今日までに四人の女性を演じたことになる。

その依頼も、梶峰さんの希望では半年にわたる予定で、その間も彼女たちを演じ分けることを考えると、まだまだキャラクター作りを始めたばかりの段階だ。

最初は部屋まで用意するなんてやりすぎだと思ったけど、今後も彼女たちを演じていく上で更にキャラクターを作り上げるためには、ああいった設定も無駄にはならない気がする。

そんなことを考えていると、やっぱり私はどうしたってお芝居が大好きで、今も演技をしていられることが嬉しくて仕方ない。

（お仕事だもん。頑張らないとね）

言い聞かせるように拳を握る。昨夜は不安なことがあったから、余計に楽しいことを考えようと気持ちを切り替えた。

少し早めに家を出て、いつもとは違ってどこの駅にも寄らずにオフィスに向かうと、案の定昨日の早苗の話題でフロアが騒がしい。

私はすっかり定位置になりつつあるデスクでパソコンを立ち上げ、画像データの振り分け作業に取りかかる。

また今日も梶峰さんが女子社員に取り囲まれるシーンを見かけたけど、私のここでの仕事には一切関係がないので、淡々と仕事をこなした。

お昼は朝コンビニで買ってきた惣菜《そうざい》パンと野菜ジュースで済ませて、休憩中はイヤホンで音楽を聴きつつアフターファイブについて頭を悩ませる。

ブツブツと独り言をこぼしながら、雑誌をめくって彼女たちに使えそうな情報を仕入れていくと、あっという間に休憩も終わってしまう。

午後は、マッチングコーディネーターが抱える顧客データの更新作業に取りかかった。

梶峰さんはいつも以上に忙しいのか、今日は仕事中に会うことはなかったし、彼女たちのスマホに着信もない。

(毎日とは言われてないし、向こうが落ち着くのを待った方が良いのかな)

安堵したような、だけど寂しくて喪失感のような、ぽっかりと心に穴が空《あ》いたみたいな気持ちのまま、気もそぞろに仕事をこなす。

そして定時を迎えると、汰一さんと連絡を取り合って、オフィス近くのカフェで待ち合わせてから、昨夜の話通りスマホを新しく買い替えた。

「機種は一緒だから、操作は大丈夫だろ」

「はい。わざわざ付き合ってもらってすみません。でも助かりました」

「いいよ。こんなことで礼なんかいらないから、そんな焼肉とか奢《おご》りたそうな顔すんなよ」

「してないですよ」

くだらないやり取りをしていると、不意にバッグの中のスマホが震えた。

「すみません汰一さん、梶峰さんから連絡っぽいです」

「おお、マジか」

「ちょっと確認しますね」

手にしたのは大瀬《おおせ》千尋《ちひろ》のスマホ。

セミプロのジャズシンガーで歳は三十三歳。前職は高校教師で、今は塾講師とかけ持ちで月に何度かステージに立つ。

梶峰さんが息抜きに通うジャズバーで歌っていたのを切っかけに親密な仲になった、どこかミステリアスな雰囲気の女性。

【千尋さん、今夜時間取れますか】

梶峰さんからのメッセージを見ると、なるほど、千尋さん呼びでしかも敬語。でも確かにしっくりくる。

固め切れていなかったキャラクターの肉付けをし、早速今は出先だと返事を打つ。

「梶峰さん、今日は誰に会うって？」

「千尋です。分かりますか」

「ああ、あのミステリアスなお姉さんか」

「何気に汰一さんも、ちゃんとキャラが頭に入ってますよね」

「そりゃそうだよ。あんまり思い浮かばないっていうから、俺の夢と希望も詰め込んだからな」

「なんですか、夢と希望って」

またくだらないやり取りをしながら駅に向かうと、汰一さんとはそこで解散して千尋の家を目指す。

幸いなことに、髪を解《ほど》けば長い黒髪は千尋だと言えなくもない。

住みやすそうな街、部活帰りらしい学生の集団とすれ違って千尋のマンションに向かう。

いつもとは違い、千尋の部屋で着替えを済ませてメイクを整えると、一気に大人びて妖艶《ようえん》な雰囲気になる。

淡いラベンダーのシアーインナーに、黒のVネックワンピース。

寒くなってきたので、オフホワイトのツイードジャケットを羽織《はお》り、足元は焦茶のジョッキーブーツを履《は》いて出ようと決める。

寝室にある姿見で身なりを確認し、空気の入れ替えをしつつ、来る途中のコンビニで買ったコーヒーを飲む。

【返事が遅れてごめんなさい。今どこにいるのかな】

梶峰さんからメッセージが届いたのは、珍しく二十時を過ぎていた。そう言えば十五時から役員会議が入っていたことを思い出す。

労《ねぎら》いの言葉をかけて家にいることを伝えると、ゆっくりお酒を楽しみたいから外での待ち合わせで構わないかと再びメッセージが届く。

【家には来ないのかしら】

ほんの出来心でそんなメッセージを送ると返事はすぐ来たけど、意外なことにストレートな言葉が並んでいる。

【抱き潰さない自信ないよ？　乱暴にしていいの？】

きっとこれは、千尋さんにしか見せない梶峰さんの顔なんだと思うと胸が痛む。

もちろん千尋は作ったキャラクターで、私が演じることが前提の女性だけど、どうしても嫉妬《しっと》のような気持ちが湧き上がってくる。

めちゃくちゃにしてくれていいのに。

そう打ち込んでから、送信ボタンを押す手が止まる。だってこう送りたいのは私であって、千尋じゃない。

慌てて文章を消すと、書き直してメッセージを送った。

【激しくして。そう言われたいのかしら。昇さんがそんなことも分からないなんて残念だわ】

女性である千尋から家に誘ったのに、梶峰さんのあの返事は紳士的とも取れるけど、割り切った体だけの繋がりと言うより、まるで恋人を気遣う内容だ。

すぐに謝罪と共に店の詳細を記したメッセージが届き、そこの最寄駅で待ち合わせしようと切り替えたような文言が書かれていた。

◇◇◇

昨夜の香川さんの話を受けて、俺はどうするべきなのか考えあぐねている。

会社に着くなり沙苗のことでまた質問攻めにされ、女性社員から熱烈なお誘いを受けるが丁重にお断りした。

この子たちと不毛な恋をするつもりもないし、恋を育《はぐく》むとしたら常盤さん以外に相手は思い付かない。

だけどその切っかけを作り、一歩を踏み出すタイミングについては頭を悩ませている。

『沙矢が愛を理解するまでは、待った方がいいというのが私の判断です』

昨夜の香川さんの言葉を反芻《はんすう》して、距離が縮まってまだ一週間しか経っていないことに気付くくらい、常盤さんとの時間は濃密で強烈だ。

たとえ別の女性として顔を合わせているとしても、その奥にいる常盤さんに気付いてしまった。

「情けないな」

デスクに肘をついて思わず呟いた。

気もそぞろな中、午後から〈シャォンス・ラ・マリエグループ〉の役員会議があり、案の定、その場で出くわした祖母に、派手に遊んでいる話を耳にしていると釘を刺された。

「昔から女遊びは芸の肥やしと言いますからね、遊ぶなとは言いません」

「なら見合いをさせようとしないでください」

「遊びの中に本気を交ぜて隠しているのかしら」

「ないですね」

食い気味に否定すると、味気ないわねと寂しい顔をされてしまう。

「本当に愛してる人がいないなら、見合いも大して変わらないでしょう。そこから育《はぐく》めば良いの」

「それは……」

思わず言い淀《よど》んだのは、俺の戯言《ざれごと》に付き合って演じてくれてる女性、常盤さんを思い描いてしまったからだ。

祖母は何かに気付いた様子で片眉を上げると、まあ良いでしょうと言った。

「木を隠すには森と言いますからね。私は何も、愛のない生活を貴方に強《し》いたい訳ではありません」

「だったら、縁談なんか持ちかけないでくれませんか」

「しばらくは好きにさせてあげましょう。何度も言いますが、貴方に愛のない人生を歩ませたい訳ではないですから」

含みのありそうな祖母の言葉の意味が、どうしても測りかねる。

だからだろうか。

千尋から家に来ないのかとメッセージが来た時に、八つ当たりのような返事をした。

【抱き潰さない自信ないよ？　乱暴にしていいの？】

相手は千尋という女性ではなく、その向こうにいる常盤さんだっていうのに。

【激しくして。そう言われたいのかしら。昇さんがそんなことも分からないなんて残念だわ】

そして返ってきたメッセージを見て、やはり相手は常盤さんじゃなくて千尋だと自覚させられる。

（まったく俺は、何してんだろうな）

彼女には今日行く店を伝え、駅で待ち合わせをすることにして、俺もさっさと仕事を片付ける。

待ち合わせの場所に現れた千尋は、想像以上にゴージャスで、だけどどこか品位を感じる女性だった。

やっぱり常盤さんは、本当にとんでもない役者だなとしみじみ思う。

常に常盤さんを意識してしまいながらも、会話をしてると千尋だと認識させられる、この奇妙な関係が楽しく感じるなんて、自分はおかしいのだろうか。

「昇さん、どなたを思い浮かべてるのか知らないけれど、あまり露骨すぎて不愉快だわ」

千尋の冷たい一言にハッとして、適当な言い訳を考えるものの、結局は素直に謝った。

「申し訳ない。今日、祖母と顔を合わせて縁談の話をされてしまってね」

「……そうでしたのね。昇さんには立場があるもの。こんなお遊びは続かないのは分かっていることでしょう」

いかにも冷静な千尋が言いそうだと苦笑が漏《も》れる。

そうだ。常盤さんは仕事をこなしているだけで、俺を意識してる訳じゃない。

意識してるとしたら、俺の相手である女性たちのキャラクターがそう言わせているだけだ。

「もっと妬《や》いてくれても良いのに」

「ふふ、それこそ分をわきまえないと」

千尋の笑顔は妙に切なくて、この女《ヒト》をめちゃくちゃに抱き潰したい衝動に駆られる。

「今夜は帰したくない」

「お祖母《ばあ》様のことがあったからね」

「なんでもお見通しだね」

「いいわよ。貴方は一人でいると呼吸すら忘れてしまいそうで危ういもの」

儚《はかな》い笑顔を向けられて、本当に参ってしまう。

『愛というものを見失ってしまった子です』

香川さんの言葉が脳裏に蘇《よみがえ》る。

（本当にそうだろうか……）

俺にこんなにも心を傾けた言葉をかけてくれるのは、やはり俺に関心がある訳じゃなくて、俺と関係がある女性の立場としての、作られたセリフでしかないんだろうか。

◆◆◆

食事の後ホテルに行って、凛菜の時と同じように、梶峰さんと同じベッドで眠る。

まだもう少しそばにいて欲しい、そう言われたから。

本当ならそこに甘くて激しい情事があるんだろうけど、私はあくまで千尋という女性の演技をしているだけで、本物の千尋じゃない。

梶峰さんにとっても、フェイクである私と一線を越えるメリットはない。

抱き潰してくれて良かったのにと思うのは、私なのか千尋なのか、自分でもよく分からない。

「ワガママなのは分かってるけど、少し良いかな」

隣で横になっている梶峰さんが、天井を見つめたまま不意に呟いた。

「眠れないのかしら」

私は千尋として返事をすると、寝返りを打って梶峰さんの横顔を見つめる。

「常盤さん、今は君と過ごしたい」

「え？」

「分かってる。君は仕事だから俺のそばにいてくれてるんだって。だけど俺は常盤さんと話がしたい」

寝返りを打って横向きになった梶峰さんは、酷く真剣な顔で私を見つめて、もう一度常盤さんと話したいと私の名前を愛おしげに呼ぶ。

「私、ですか」

嬉しい反面、私なんかに何が出来るんだろうと虚無感に襲われる。だって私には何もない。でも。

「ごめん。嫌だよね、忘れ……」

「私で、私なんかに何か出来るなら」

忘れてくれて構わないとまた天井を向こうとした、彼の言葉を遮《さえぎ》って咄嗟《とっさ》に返事をすると、少し驚いたような梶峰さんと視線が絡み合う。

「私なんか、なんて言わないでくれないか」

辛そうに呟いた梶峰さんの手が、そっと伸ばされて私の頬を優しく撫でる。

「梶峰……さん」

名前を呼んだ唇に、梶峰さんの親指がゆっくり触れて、乾いた指で下唇をなぞられると、ぞくりと体が震えた。

「沙矢ちゃん」

唇をなぞっていた手が、腕ごと首筋に差し込まれ、もう片方の腕が私の体をグッと引き寄せるように背中に回されると、梶峰さんの首筋に顔を埋める姿勢で抱き締められた。

「あ、の」

「こうして抱き締めていても良いかな」

「大丈夫です、けど」

角が取れて丸くなったフゼアノートの落ち着く香りを、これまで何度嗅《か》いだか分からない。

どうしようもなく心が苦しくなって、切なくて、私は行き場を失った腕に力を込めると、指先で服の裾をギュッと握る。

「分かってるんだ。君が、演技を通してしか俺のことを見てないってことは」

「そんなことは」

「なら君は、常盤沙矢として俺を見てくれてるのかな」

「それは」

顎《あご》を引いた梶峰さんと目が合うと、どう答えて良いか分からなくなった。

梶峰さんに抱いている思いが、演じてる彼女たちの影響でしかないのか、私自身が抱えている思いなのか、がらんどうの私には判断が出来ない。

「俺は、君のように器用に演じることなんて出来ない」

「器用だなんて」

「どんな女性を演じていても、俺はその向こう側にいる君に惹かれてしまう」

「やっぱり私なんかの演技だから、下手でしたよね」

苦笑して梶峰さんの目を見つめると、熱のこもった視線で射貫かれる。

「違うよ。完璧だ。完璧すぎるから、常盤沙矢っていう本当の君が分からなくて、君のことが気になって仕方ないんだ」

「私は雇われた役者です。完璧だと仰《おっしゃ》っていただけるなら、彼女たちとだけ向き合ってください。演じてる私のことなんか、気にしないでください」

「それは出来ない」

「梶峰さん……」

「未愛が誘う声、マキが甘える仕草、凛菜の照れた顔、千尋さんがこぼす溜め息。それを見る度《たび》に、君ならどうするんだろう、どう応《こた》えるんだろうって」

「下手くそでも私は役者です。その場その場で彼女たちがするだろう反応を返してるだけで、私自身がどう考えるかなんて、そんなことそれこそ考えたことはないです」

思わず嘘をついた。

梶峰さんは、私が相手だったらこんな風に笑ってくれるだろうか、誘ってくれるだろうか、抱き締めてくれるんだろうか。

いつだって演じてる女性に、彼女たちに嫉妬《しっと》を覚えてしまってる。そういう自分に、気付かないふりをして誤魔化してきた。

だって私なんかが、梶峰さんの心に寄り添って良いはずがない。私みたいな人間が。

「だったら、どうしてそんな顔をしてるの」

「え？」

「沙矢ちゃん。君がどんな女性なのか、俺が知りたいと思うのは迷惑なのかな」

気が付くとおでこがぶつかって、瞬《まばた》きでまつ毛が触れそうな位置から見つめられて、心臓が掴まれたみたいにギュッと苦しくなる。

「迷惑とか、そういうことじゃないんです」

「だったら」

「違うんです」

梶峰さんの言葉を遮《さえぎ》るように、思わず大きな声を出して梶峰さんを突き放す。

「沙矢ちゃん？」

「本当に私は、そんな風に気にかけてもらえる価値のある人間じゃないんです」

目を伏せて消え入るような声で呟くと、梶峰さんは黙ってまた私を抱き寄せ、その手で私の頭を撫でる。

「沙矢ちゃんに価値がないなんてことないよ」

「でもっ」

「誰かに何か言われたのか」

梶峰さんの何気ない質問に心が抉《えぐ》られる。

何も知らない梶峰さんに、私の特殊な生い立ちを話す訳にいかない。

生きていちゃいけない人間だって、長い間自分を否定してきたのも、親から虐待されてきたなんて恥ずかしい理由だから説明することも出来ない。

「ねえ沙矢ちゃん、それは誰に言われたの」

「……誰に、言われたとかじゃなくて。本当に私なんか生きてる価値がないだけなんです」

だからまた嘘をつく。

それなのに梶峰さんは、私を抱く腕に力を込めると優しく囁く。

「価値はあるよ」

「ないんですよ」

「あるよ。こうして俺が助けられてる」

「それは私じゃなくて、役者の陣野真弓で」

「前にも言ったじゃないか。陣野真弓は君自身だよ。だからこそもっと君のことが知りたいんだ」

優しく私の髪を撫でる手がくすぐったいのに心地良い。

「梶峰さん」

「でも、そうだね。無《む》理《り》強《じ》いはしたくない」

「ごめんなさい」

「謝らないでよ。だけど忘れないで欲しい」

「何をですか」

「俺は、常盤沙矢さん、君のことをもっと知りたい。それは覚えていて欲しい」

「でも」

私を知りたいって言われても、私に中身なんてないし、私は生きている価値もないのに。

そう思った心の中を見透かされたように、梶峰さんがまた私の頭を撫でる。

「価値がどうとか、それは俺が沙矢ちゃんを知ってから決めることだから」

「ありがとう、ございます」

「うん。だから君のこと、いつかちゃんと教えて欲しい」

「教えられるほど、本当に中身なんてないんです」

「分かった。詳しくは聞かないけど、今俺が抱き締めたいと思ってるのは千尋さんでも、陣野真弓でもなくて、沙矢ちゃんだって知っておいて」

急に体が離れ、優しい笑顔で顔を覗き込まれてドキッとする。

「ね、沙矢ちゃん」

「……その、さりげなく下の名前呼ぶのやめてください」

「俺を意識してもらいたいからね」

どこか楽しそうな声が耳のそばで聞こえて心地良かった。

◆◆◆

梶峰さんがどこまで本気なのか分からないけど、それはやっぱり、私が彼女たちを演じているから生まれる感情だと思う。

優しい腕の中でそんなことをぼんやりと考えていた。

明け方になって、梶峰さんの美しい寝顔を見つめながら、胸が苦しくなった。

ホテルを出て帰宅したのは、すっかり見慣れた古びたコーポの三階。

その見慣れた外観に、千尋や他の彼女たちのように梶峰さんの目に留まる華やかさとは縁遠い自分自身を思い出して、やっぱり胸が苦しくなる。

部屋の窓を開け放して、シーツを剥《は》がした布団を干すと、洗濯しながら掃除機をかける。

「しばらく掃除どころじゃなかったもんな」

未愛から始まって、マキ、凛菜、沙苗、そして千尋。いや、気の置けない後輩も入れると、この短期間で六人演じていることになる。

梶峰さんに対して複雑な気持ちが芽生えてしまっているとはいえ、誰かを演じるのは楽しいし、お芝居は続けていたい。

だけど今の環境は特殊で、梶峰さんを取り巻く女性を、たった一人で演じ分けるということの負荷の大きさを感じている。

（嫌でも意識しちゃうもん）

彼女たちのどこに魅力があって、梶峰さんと関係を持つに至ったのか、それに気付く度《たび》に私との共通点のなさに気が滅入《めい》ってしまう。

私にない魅力を持った彼女たち。

梶峰さんと向き合っているのは私のはずなのに、それは決して私じゃない。なのに梶峰さんは、その向こうにいる私が気になるなんてさらりと言ってのけた。

私なんかに興味があるって言われたことで浮かれてしまう自分に嫌でも気が付く。

短絡的な自分に嫌気が差して、当たり散らすように拭き掃除をしているとチャイムが鳴った。

恐怖を感じて、ドキドキしながら息を殺してドアスコープを覗くと、見知った顔があってホッとする。

「汰一さん、どうしたんですか」

「よう。ケーキ買ってきてやったぞ」

「今日仕事なんじゃないんですか」

「ん？　サボりサボり。邪魔するぞ」

私を押しのけるようにして靴を脱ぐ汰一さんに、苦笑しつつも玄関の鍵をかけて、早速手を洗ってコーヒーの用意をする。

「突然どうしたんですか」

「んー？　梶峰さんとの仕事はどんな感じかと思ってな」

「毎日メールで報告入れてるじゃないですか」

「そういう業務的なことじゃないよ」

用意したおしぼりを受け取ってサンキューと言う汰一さんは、少し真剣な顔になって演技は辛くないかと聞いてきた。

「ここのところ毎日だし、お前には負担になってるんじゃないかと思ってね」

「いや、色んな人を演じられて楽しいですよ」

「そうか？　そう思ってる顔には見えないけど」

コーヒーをテーブルに置き、俺モンブランなと勝手にケーキを選んだ汰一さんが、フォークも使わずにモンブランにかぶりつく。

「汰一さんは、やっぱりなんでもお見通しですね」

「まあお前は、顔に出やすいからね」

食べなよと言われてガトーショコラをフォークで切り分けて口に運ぶと、甘いのにほろ苦くて私の気持ちみたいだと思えて苦笑いする。

「そんなに顔に出てますかね」

「うん。やっぱり梶峰さんのこと、好きになっちゃったのか？」

「そうなんですかね」

「そうなんですかって、俺に聞くなよ。お前の気持ちだろ」

「どう、なんでしょう。よく分からないんです。だけど演じてる彼女たちに、嫉妬《しっと》を覚えることがある気はしてます」

「嫉妬《しっと》？」

早くも二個目になるシュークリームを掴んだ汰一さんが、どういう意味なのかと首を傾げている。

「彼女たちは梶峰さんを、本気ではないとはいえ、その気にさせる女性たちですから」

「ああ、他人の恋路を無理に覗かされてる感覚ってことかな」

「そう……なんですかね」

洗濯機から洗い上がりのブザーの音が聞こえて、汰一さんに断りを入れると、そのまま洗濯物を干すためにベランダに出る。

「沙矢、お前少し素直になってみたことはあるのかよ」

「え？　なんですか」

「沙矢として、梶峰さんにちゃんと接したことはないのかってことだよ」

仕事では当然だけど、契約社員の私なんかが接点を持つ方が珍しい。けれど、あの日買ってもらった缶コーヒーと昨夜のことを思い出す。

「私個人としてはないですよ。だってあの人うちの会社のトップですよ」

「俺も社長なんだけどね」

「汰一さんは昔からの付き合いですもん」

洗濯物を干し終えて窓を閉めると、再び汰一さんと向かい合って座る。

昨夜のことを話すべきなのか、どうしたら良いのか分からないまま、食べかけのケーキにフォークを刺す。

「なんだよその顔」

「いや、別に大したことでは」

「あのな沙矢、梶峰さんだって今は身近な存在だろ。たとえ別人を演じてるとはいえ毎日顔を合わせてるじゃないか」

「それは、そうですけど」

「相手を知らないと不安になるのは向こうも同じだよ。たとえ仕事相手でも、それが芝居だとしても、長丁場になるなら沙矢自体を理解してもらうことに意味はあると思うぞ」

「私自身をですか」

梶峰さんもそれを望んでいるから、昨夜あんなことを言ったんだろうか。

だけどそもそもの依頼の理由を考えると、それは彼にとって煩《わずら》わしいことに含まれる気がしてしまう。

「お前は違う、いらない。そう言われたらやめれば良いことだし、腹割って向き合ってみたらどうだ」

「そんなものですかね」

拒絶の二文字が頭をよぎる私に、汰一さんはその方が演技にも良い刺激になると、念を押すように繰り返す。

「梶峰さんは役者じゃない。そのことをよく考えろ」

汰一さんにそう言われてから、梶峰さんに沙矢ちゃんと呼ばれた意味を考えてみた。

その後、汰一さんとたわいない雑談をしているところに、昨日の今日で梶峰さんからメッセージが届いたのは、ちょうど手《て》土産《みやげ》のケーキを食べ終えた頃だった。

「へえ。土曜日だってのに、梶峰さんも熱心だな」

「昨日、グループの役員会議があってお祖母《ばあ》様に会われたそうです。そこで縁談のお話が出たみたいで」

「そうだったのか」

「はい。だから、もっと信憑性《しんぴょうせい》のある環境を作りたいんだと思います」

「それだけなのかね」

首を傾げる汰一さんにそうだと返すと、梶峰さんからのメッセージを確認する。

【休みならドライブに付き合わないか】

高村《たかむら》菜々《なな》子《こ》。自身もウェディングプランナーをしながら会社を経営している二十七歳の女性。

上昇志向の強い彼女は結婚願望がないと言うより、梶峰さんに対してそういう希望を抱いていない。そこが関係が続いているポイント。

「ふぅん、今日は菜々子ちゃんをご指名か」

「汰一さんが言うと、なんかキャバクラみたいな感じに聞こえます」

「実際同じようなもんだろ」

いやイメクラかと、汰一さんは面白がっている。

【偶然ね。タイミング良かったわ。久々に休みが取れたから連絡しようと思ってたの。今は溜まった洗濯物や掃除でバタバタしてるけどね】

私より歳下だけど、自立した女性の菜々子なら、こんな感じのメッセージを返すだろう。

「じゃあ俺はそろそろ帰るよ」

「ケーキ、ごちそうさまでした」

「ケーキくらい、いつでも奢《おご》ってやるよ。それよりさっきの話、ちゃんと考えてみろ」

汰一さんが言ってるのは、梶峰さんと個人的に接点を持つことを意味しているんだろう。

「考えときます」

汰一さんを送り出すと、梶峰さんからまたメッセージが届いていた。

【君から洗濯とか掃除なんて、家庭的な言葉を聞くとは意外だね】

揶揄《からか》うようなメッセージに少し腹が立つのは、菜々子の気持ちが、既に私の中に出来上がっているからかもしれない。

梶峰さんは菜々子の家の近くまで迎えに来ると言うので、私は支度をするとすぐに家を出た。

菜々子の家は私の家の最寄駅から三つ先。比較的大きな駅で乗り換えがあるので人出は多い。

その駅のトイレで着替えを済ませると、菜々子の姿で一度彼女の家に向かい、空気の入れ替えと簡単な掃除を済ませる。

そこでドレッサーに向かい、丁寧にメイクをしてテーピングで目元の印象を吊り目気味に変えて、アイラインも目尻を跳ね上げた。

意志と気が強そうな、自信に溢《あふ》れた女性が鏡に映っていて、梶峰さんと対等に渡り合うことが出来る彼女が羨《うらや》ましくて溜め息が出た。

（私自身と梶峰さんの接点、か……）

そんなものと思いながらも、昨夜の梶峰さんの言葉を思い出してしまう。汰一さんだって無駄なことをわざわざ助言したりはしないはずだ。

もしかして私が気付かないだけで、傍《はた》からは梶峰さんの好意は私に向いているように見えるんだろうか。

【そろそろ準備出来てる？】

梶峰さんからのメッセージに気持ちを切り替えると、すぐに出ると返事して彼が待つ駐車場に向かう。

ツーウェイの背中が開いた黒いニットに、グレーのワイドパンツ、ヒールの低いアーモンドトゥのネイビーのパンプス。厚手のジレをバッグに引っかけて颯爽《さっそう》と歩く。

「お待たせ。掃除し始めたらあちこち気になっちゃって」

「本当に掃除してたんだ」

「やだ酷いこと言うわね」

梶峰さんの肩にパンチを入れると、「冗談だよ」と楽しげに笑って頭を撫でられる。

「それで、今日はどこに連れてってくれるの」

「ちょっと遠いけど静岡《しずおか》。鰻《うなぎ》食べたくて」

「やった！　私の大好物」

はしゃいで梶峰さんに抱き付くと、さして驚いた様子もなく、それが当然のように笑っているだけ。

また心がチリッと痛むのを誤魔化すように、グリグリと頭を梶峰さんの腕に擦り付けると、楽しみだねとはしゃいだまま顔を見上げた。

「じゃあ行こうか」

車に乗り込んでからも、たわいない話で盛り上がり、主に仕事の話だけど、梶峰さんの話は面白い上に勉強になる。

私はすっかり菜々子として、梶峰さんとブライダル産業について熱く語り、議論が白熱したところで目的地に到着した。

「鰻《うなぎ》の食べ方に拘《こだわ》りはある？　ほら、関東風とか関西風とかあるじゃない」

そんな違いがあることすら、社会人になって知ったんだけど、私はここぞとばかりにその話題を出す。

「菜々子は拘《こだわ》りあるの？　じゃあ先に聞いとけば良かったかな」

「私？　私は鰻《うなぎ》だったらなんでもいい」

「はは。そう言うとは思ってたけどさ」

「酷い。またそうやってすぐ笑う」

そう答えながら私も笑う。

「この店は関西風だね。パリッと香ばしくて、またタレが美味《おい》しいんだよ」

梶峰さんが言う通り、甘辛いタレと山椒《さんしょう》の刺激は食欲をそそって、会話を楽しむのもそこそこに、あっという間にペロリと平らげてしまった。

「美味《おい》しそうに食べるね」

「美味《おい》しそうじゃなくて、本当に美味《おい》しかったの！　これでまた頑張れるわ」

「それは良かった」

「今日は？　うち来るんでしょ」

当たり前のように顔を覗き込むと、梶峰さんは一瞬躊躇《ためら》うような顔をしたものの、じゃあ行こうかなと笑ってくれた。

菜々子としては大満足の答えに、その時は納得して嬉しいなと返事をして、梶峰さんに抱き付くように腕を絡めた。

でもそれは同時に、菜々子に対して嫉妬《しっと》が芽生えるのを改めて自覚する行為だった。

◆◆◆

あれから二ヶ月と少し経って、ローテーションのように代わる代わる彼女たちを演じながら、梶峰さんの依頼に応《こた》える日々が続いている。

稀《まれ》に梶峰さんのリクエストで、全く違う女性を突然演じることも出てきたけど、それはそれで違う芝居が出来て楽しい。

会社ではすっかり梶峰さんが複数の女性と遊んでいるという噂《うわさ》が定着して、自分もその相手になりたいと騒いでいた女子社員たちも、ようやく自分が選ばれることはないと悟り始めている。

（まあ、あれだけわざと見せ付けるようにデートしてたらそうなるよね）

そんな中、お正月も過ぎて二月が迫ったこの時期になっても、まだ演じてない女性が一人いる。

「そろそろ彼女の出番かな」

特定の女性を思い浮かべて、人知れず口角を上げる。

正直なところ、梶峰さんから拒絶される怖さを想像すると躊躇《ちゅうちょ》してしまって、私は常盤沙矢として彼と向かい合うことをまだ拒《こば》んでる。

汰一さんはそんな私にすっかり呆れた様子だけど、私も演じさえしていれば梶峰さんのそばにいられることに、満足してる。

【昇、暇潰し付き合ってよ】

東城乃梨花、二十六歳のフリーライター。

梶峰さんへの取材が切っかけで関係を持つようになった女性。

ベリーショートの金髪とたくさん開けたピアス。めんどくさいが口癖で、家族とは疎遠で人嫌い。

気まぐれに連絡してくるタイプ。

先週は火曜日から視察のために出張で仙台《せんだい》に行っていた梶峰さんだけど、予定通りなら金曜の夜には帰宅してるはずだ。

日曜の今日にわざわざ連絡する必要はないけど、この二ヶ月、こんなに顔を見ないで過ごすことがなかったから、どうしても会いたくなってしまった。

分かってる。私は梶峰さんのことが好きなんだって。だけど先に進んでしまうのが怖い。

恋人関係になったら、好きだって気持ちを利用するように、試すように、酷く扱われることだってあるんだから。

とっくに忘れたはずの、過去の経験を思い出して体が震える。

（大丈夫。相手を愛さない限り、あんな辛い思いをすることはないんだから）

自分に言い聞かせて、早く返事が来ないかと握ったスマホの画面を覗き込む。

【俺のことなんか忘れてると思ってた。槍でも降るのかな？】

梶峰さんからのメッセージに思わず噴き出した。

待ち合わせの時間と場所を決めると、すぐに用意をして家を出る。

家を出た時、下の集合ポストに宛名も差出人も書かれていない茶封筒が放り込まれていた。

とりあえず待ち合わせの時間があるので、なんの気なしにその封筒をバッグに突っ込んで電車に乗ると、着替えを予定してる駅に向かう。

梶峰さんと会うのは実に六日ぶりだ。

久々に会うという共通点があることで、乃梨花の気持ちも作りやすい。

主要駅の改札口を抜けて着替えを済ませると、パウダールームでメイクを整える。

基本的には、どの日に誰と会うかタイムシフトが組まれ、仕事帰りに彼女たちの家に帰って支度する流れが出来上がっていたので、妙に新鮮な気持ちになる。

ベリーショートのウィッグを被ると、それだけでも印象がガラリと変わるし、何より白髪《しらが》に近い金髪はもの凄く目立つ。

化粧っ気のない乃梨花をイメージしつつも、二重を強調するためにテープで瞼のくぼみを深くする。

アイメイクはブラウンを淡く乗せて、アイラインも気持ち程度に抑え、グレーのカラコンを入れるだけでかなり彼女らしさが出た。

最後に、汰一さんが小道具として用意してくれた、ピアスに見えるマグネットタイプのイヤリングを両耳にバランスよくつければ乃梨花の出来上がりだ。

黒いミニスカートのセットアップと、インナーはオフホワイトのハイネック。襟元にファーがついた燕脂《えんじ》のハーフ丈のコートに、足元はニーハイブーツ。

パウダールームを出ようとした時、紙袋が破けてしまって、仕方なくその中に入れてたド派手なピンク色のビニールのショッパーを抱えると、ロッカーにそれを預けて待ち合わせ場所に急いだ。

【昇まだ？】

着いて早々、梶峰さんの姿が見当たらなかったので、乃梨花らしくメッセージを送ると、二分と経たずに梶峰さんが現れた。

相変わらず歩くだけで様になる。行き交う人の注目を浴びているのに、それをものともしないで私だけに笑顔を向けて手を振ってくれる。

「久しぶりだね、乃梨花」

会うなり何気なくハグされて、何日かぶりに感じる梶峰さんの香りに心臓がドキドキと跳ね上がる。

「今日の服可愛いね、俺に会うため？」

「そういうとこ、キザったらしくて寒い」

「あはは。ダメだったか」

行こうかと手を繋がれ、会わない間どうしてたかの話で盛り上がる。

「だから二週間取材させてもらって、今日の明け方に原稿書き上げたんだよね」

「へえ、老舗《しにせ》の旅館か」

「凄いよね、神前式の結婚式プランを地元のブライダル企業と合同でやり始めて、更にお客さん取り込んでて、予約取りづらいみたい」

スマホでホームページを見せると、梶峰さんは感心したように詳細を眺めている。

もちろんそんな取材はしていないし、話のネタになればと事前に色々と調べただけの話だけど、梶峰さんの興味を引くには合格だったらしくてホッとした。

◇◇◇

出張から帰ると無性に常盤さんの顔が見たくなった。誰を演じててもいい、ただ彼女と過ごしたかった。

だけどたまには常盤さんもゆっくりしたいだろうと思い、昨日は出社して早めに片付けたい仕事に取りかかった。その間、スマホに誰からも連絡がないことに落胆してる自分に気付いて可笑しくなった。

そして今日も一人でのんびり過ごすかと諦めていたところにメッセージが来て、思わず顔がニヤける。

ゆっくりお酒を飲んで過ごしたかったから、待ち合わせは駅にした。

正直言って待ち合わせ場所にいる、初めて会う乃梨花の姿に驚かされた。ド派手な金髪にピアス、短いスカートから覗く細い脚を隠すニーハイブーツ。

誰もが彼女に視線を向けているのに、気怠《けだる》そうにガムを噛んでスマホを眺めている様子は、明らかに常盤さんじゃない乃梨花そのものだった。

会話をし始めても、やはり常盤さんの影は微塵《みじん》もチラつかない。

久々に会った親しい女性との再会を楽しむように、乃梨花との時間を過ごす。

乃梨花はフリーライターというだけあって、逞《たくま》しく探究心が旺盛《おうせい》だ。

キラキラした目でアレはどういう意味なのか、コレはなぜ需要があるのかと、次々と質問してくる乃梨花に、クルーザーで会話した後輩の常盤さんを思い出す。

イキイキした表情を見ていると、常盤さんは本当に演技することが好きなんだと思い知らされる。

しかし、いつか香川さんから聞いた話が頭をよぎり、これだけ付き合いが長くなったのに、本人には触れさせてもらえないことへもどかしさを覚えてしまう。

「ちょっと昇、聞いてんの」

「ごめん。あんまり楽しそうに話してるから可愛くて」

「だからさあ、昇はそういうところがキザなんだって。ただでさえ王子みたいな見てくれなのに、サラッとそういうこと言うでしょ」

「ダメかな」

「女の子がみんな本気にしちゃうよ？　刺されても知らないからね」

「俺が刺されたら、乃梨花はもちろんお見舞いに来てくれるよね」

「だからそういうところだって」

何がそんなに可笑しいのか、周りなどお構いなしに、お腹を抱えてゲラゲラ笑う。

乃梨花は気ままな猫のような子で、かける言葉を一つ間違えば、プイッとどこかへ行ってしまうだろう。

そんな緊張感すらあって、本当に常盤さんが演じる彼女たちとの時間は楽しくて仕方がない。

あぁ可笑しいと目元を拭《ぬぐ》う仕草を見せて、乃梨花は小皿を使わずに、刺し盛りから二切れのブリを箸で掴んでそのまま口に放り込む。

「んー。美味《おい》しい」

「すだちと塩？」

「醤油だと辛すぎて」

乃梨花は食べてみろと、箸で掴んだ刺身を俺の口元に持ってくる。

正直、今まで彼女が演じてきたどのタイプとも違って対処に困るが、それを面白がってる節がある常盤さんの目を見ると、乗ってやろうじゃないかと思ってしまう。

「うん。美味いね」

「でしょ、脂《あぶら》が乗ってるのにさっぱりいけるよね」

そんな話をしながら食事を楽しんだ後、もう少し飲みたいと意見が合致して、バーに移動する。

「へえ、雰囲気あるところだね」

「仕事で来ることがあって、最近知った店なんだよ」

このオーセンティックバーのハイカウンターは、使い込まれた無垢《むく》一枚板で深い色味に味がある。

乃梨花もそれが気に入ったのか、場をわきまえて俺だけに聞こえるトーンで素敵だねと繰り返している。

「さて。最初はどうする」

「モスコミュールかな。昇は？」

「じゃあウォッカトニックにしようかな」

それぞれのドリンクを頼み、トーンダウンした雰囲気で最近どう過ごしているか、たわいない雑談をし始めた時だった。

「そういえば今日、家を出る時に無記名の封筒がポストに入ってて気味悪くてさ」

そこまで言ってから乃梨花はしまったという顔をしたので、俺はそれが事実で、常盤さんに起こったことなのだと悟る。

「その封筒の中身は見てみたの」

「見てないけど」

「今は持ってないの」

「……持ってる、けど」

バツが悪そうに答えて、この話はもう良いよと話を逸らそうとする乃梨花の手をそっと握る。

一瞬驚いた様子を見せたけど、本当に一瞬のことですぐにっこり笑って甘えたような顔になった乃梨花は、気味悪いし一緒に見てもらおうかなと自分から切り出した。

なんの変哲もない茶封筒は、しっかりと糊《のり》付《づ》けされた上に、セロハンテープで封がされている。

ソーイングセットの糸切りバサミがあると言う乃梨花からそれを借りると、封筒の端からハサミを入れて開封する。

「手で開けなくて正解だな」

封筒の内側には何本か針が仕込まれていて、俺は慎重に中に収まった手紙を引き摺《ず》り出した。

「……っ!?」

乃梨花に、いや、常盤さんにも見えるように畳まれた手紙を開いたのは誤りだったかもしれない。

〈見・つ・け・た〉

赤いペンでそう殴り書きされた手紙。

明らかに怯えた様子になった常盤さんには、心当たりがあるのだろう。俺は香川さんの話を思い出す。

「指紋とか出るかもしれない。警察に届けた方がいい」

「そんなことしたらっ！　……や、あの、ごめんなさい」

やっぱり、これは間違いなく心当たりがある様子だ。

「とりあえず今日は、家に帰らない方が良いんじゃないかな」

すっかり冷たくなって、細かく震える彼女の指先を握り締めて顔を覗き込む。

「沙矢ちゃん、俺にくらい甘えて頼ってくれて良いんだよ」

俺の言葉に、常盤さんは泣きそうな顔をして静かに頷いてくれた。

◇◇◇

バーを出て駅に向かい、彼女の私物をロッカーから回収すると、駅前でタクシーを拾ってすぐに移動する。

勝手が分からない乃梨花の家よりも、今は俺の家が良いだろう。

恐怖や不安からなのか、いまだに小刻みに震えて落ち着かない様子の常盤さんの手をそっと握ると、安心させたいのか彼女はにっこり笑う。

（無理にそんな顔しなくて良いのに）

今すぐに抱き締めて安心させてあげたいけど、この混乱に乗じてそうするのは卑怯な気がして、伸ばそうとした手で拳を握る。

マンション近くにあるコンビニでタクシーを降りると、家にないものを適当にカゴに放り込んで、常盤さんが食べるかどうか分からないスイーツもいくつか買う。

「ごめんね。とりあえず俺の家に来たけど、こんな状況で自宅は怖いだろうから。大丈夫だったかな」

「……お気遣いいただいて、ありがとうございます。正直なところ、一緒にいてくださると少し落ち着きます」

乃梨花の見た目をした常盤さんは、心底申し訳なさそうに俺に頭を下げる。

「力になれてるなら良かった。さ、上がって」

人を呼ぶことを想定していない俺の部屋には、客用のスリッパなんて気の利いたものはない。

視界に飛び込んできた、ニーハイブーツを脱ぎ始めた彼女の脚から目を逸らすと、咳払いして上《うわ》擦《ず》った声で言い訳のように謝った。

「ごめんね、スリッパとか用意がなくて」

「そんな、全然気にしないでください。お邪魔します」

センサーでフットライトが灯る廊下を抜けて、リビングの電気をつけるとすぐに暖房をつけ、彼女をソファーに座らせてから寝室に移動する。

クローゼットからブランケットを取り出して、咄嗟《とっさ》に匂いを嗅《か》ぐけど、自分じゃ自分の匂いはよく分からない。

(多分、洗ったばかりだし大丈夫なはず)

寒さもあるけど、あんなものを見てしまった不安が強いんだろう。体の震えが止まらない様子の常盤さんにブランケットを手渡す。

「もうすぐ暖房が効いてくると思う。まだ寒かったら追加の毛布出すから、遠慮なく言ってね」

「本当に申し訳ありません。梶峰さんにとんだご迷惑を」

「あ、梶峰さんって呼んでくれたね。今ＣＥＯって役職で呼ばれたら、さすがにショックが大きかったかもしれないね」

笑いを誘うように答えると、ようやく常盤さんらしい笑顔が覗いた。

「暖房を入れたから乾燥すると思う。飲み物のリクエストはあるかな」

「いえ、いや……お構いなく」

「遠慮してるだけなら勝手に用意しようかな」

ポンポンと彼女の頭を撫でると、その場から離れてキッチンで紅茶の支度をしながら、コンビニで買ったものを冷蔵庫に入れる。

そして香川さんに、嫌がらせの手紙の件と、常盤さんをうちで預かってることをメッセージで知らせておく。

マグカップに注いだ紅茶にブランデーを香り付け程度に垂らし、ソファーに座ってじっと俯いている常盤さんの前にそれを置く。

「緊急事態だから、俺から香川さんに連絡したけど大丈夫だったかな」

「あ、そうだ汰一さん！　何から何まですみません。助かります」

香川さんを信頼しているのか、汰一さんと下の名前で呼ぶのに少しばかりジェラシーが湧いたけど、今は仕方ない。

「香り付け程度だけど、ブランデーが入ってる。そうだ、砂糖入れなくて良かったかな」

「はい。大丈夫です」

L字になったソファーだから、離れて座ることも出来るのに、俺は無遠慮に常盤さんの隣に座ってテレビをつける。

「静かだと逆に落ち着かないだろ。うるさかったら消すけど」

「いえ、お心遣いありがとうございます」

にっこり笑うと、暖房と紅茶で温まってきたのか、血の気が引いて土気色だった顔色が随分良くなっている。

俺は常盤さんから、あの手紙について無理やり聞き出すつもりはない。

だけど不安を取り除いてあげたい気持ちが募って、思わず彼女を抱き寄せてしまった。

「あ、の……」

「大丈夫。一人じゃない」

そんな言葉しかかけられない自分が情けないけど、常盤さんは俺の腕の中で小さく身を震わせて涙をこぼした。

だからテーブルの端からティッシュを引き寄せると、俺は彼女の背後に座り直し、静かに泣き続ける彼女を後ろから抱き締め続けた。

そうして二十分も経った頃、ポケットに入れていたスマホが震えた。

片腕で彼女を抱き留めたままスマホを取り出すと、香川さんから今から向かうとメッセージが届いていた。

「香川さんが、今から来てくれるよ」

「……ごめんなさい」

「ありがとうでいいんだよ」

頭を撫で、常盤さんを抱き締めたまま香川さんに了解の返信を送る。

俺の思い違いでなければ、手紙の送り主は香川さんが話してくれた彼女の家族と関係しているに違いない。

こんな怯え方は尋常じゃない。

俺に出来ることがあるなら、なんだってしてあげたい。そう強く思って彼女を抱き締める腕に力を込めた。

◆◆◆

手紙を見た瞬間、冷静ではいられなくなった。

きっと電話が繋がらなくなって、余計に刺激してしまったに違いない。

一人で開封していたらと考えてゾッとする。また体が震え出して、耳元で大丈夫だよと囁く梶峰さんの声に縋《すが》り付くように、抱き締めてくれる腕にしがみついた。

梶峰さんのドクドクと少し速めに脈打つ心臓の音が体の中まで響いて、それがどうしようもなく愛しくて、迷惑をかけているのに腕の中から離れられない。

「あ、香川さん着いたみたい」

梶峰さんの言葉通り、すぐにドアチャイムが鳴った。

「少し待っててね」

安心させるように頭を撫でた梶峰さんは私を抱き締める腕を解き、ソファーから立ち上がってインターホンに出る。

そのままキッチンで動く気配があったので、汰一さんのためにお茶の用意をしてるんだろう。

少しするとまたチャイムが鳴った。玄関に向かった梶峰さんと一緒に汰一さんが入ってきて改めて涙が出る。

「沙矢！」

「汰一さん。ごめんなさい」

「ごめんじゃないだろ、大丈夫かお前、平気か」

「はい。梶峰さんが良くしてくださって」

駆け寄ってきた汰一さんに頭を下げると、乱暴に頭を撫でられた。汰一さんは梶峰さんに頭を下げる。

「ご迷惑をおかけして申し訳ありません」

「いや、頭を上げてください。とりあえず香川さんも座ってください。コーヒーで良いですか」

「ありがとうございます」

汰一さんは私の隣に座ると、早速手紙について聞いてくる。

「警察には届けたのか」

「まだです。手紙は梶峰さんが持ってくれてます」

「そうか」

汰一さんはそこで言葉を切ると、コーヒーを持って来た梶峰さんに改めて頭を下げる。

「不測の事態とはいえ、お客様である梶峰さんにご迷惑をおかけする形になってしまい、本当に申し訳ありません」

「申し訳ありません」

汰一さんに続いて私も頭を下げると、梶峰さんは困惑した顔でやめてくださいと頭を上げるように私たちに促した。

「謝罪よりも、差し支えなければ聞かせてもらえませんか」

梶峰さんは遠慮がちだけど、当然感じてるだろう疑問を隠さなかった。

「沙矢」

ここまで巻き込んだのだから説明は必要だと、そういう顔で汰一さんは私を見る。

「私的なことですが、あの差出人は、おそらく父か義母です」

だからなんとか声を振り絞ると、梶峰さんは意外にも驚きはせずに、ただ辛そうに見つめ返してくる。

「今までにもこんなことが？」

「以前、非通知で電話がかかってくることがありました」

「それは警察に届けたのかな」

「いえ。スマホを買い替えて契約し直したので、その後は嫌がらせも落ち着いていたんです」

「じゃあ、この手紙みたいなことは？」

「いいえ。成人して分籍の手続きをしてからは、裁判所に接近禁止の仮処分を申し立てましたし、役所の閲覧《えつらん》権限も制限がかかってるので、居場所がバレることはなかったんです」

「なるほど。出来る対応は済ませてるってことだね」

腕を組んで思案し始めた梶峰さんから視線を外すと、隣で汰一さんがすまんと唇を動かしたので、この落ち着きぶりは汰一さんから聞いているからかと納得する。

「しかし今になってなぜ捜し回ったんだろう。心当たりはあるのかな」

「どうでしょうか。ようやく見つかっただけだと思います。逃げ回られるのが面白くなくて、あちらも意地になってるんだと」

「だけどどうして住まいが分かったんだろう」

梶峰さんが難しい顔をすると、それまで黙っていた汰一さんが口を開く。

「私の情報を調べて、そこから沙矢に辿り着いたんだと思います」

そう言うと、俺から話しても良いかと確認してから話し始めた。

「沙矢と知り合ったのは、この子がまだ幼くて母親が生きてた頃です」

汰一さんとは、その後もファンレターという形で文通をして細々と交流があって、母が亡くなったことなんかも手紙に書いた。

母が亡くなると父は身を持ち崩し、仕事も辞めて酒に溺れ、義母が家に入り浸《びた》るようになった。

それが地獄の始まりで、機嫌の悪い時は躾《しつけ》と称して暴力を振るわれ、食べることを許されたのは学校の給食と、あの人たちの夕食の残飯だけ。

ああいう親は狡猾《こうかつ》で、体面は気にする汚さがあって、学校に通えることは唯一の救いだった。

中学に上がり、高校には行かせないと言われて初めて歯向かった時、包丁を突きつけられて、二人がかりで丸一日殴る蹴るの暴行を受けた。

心配して家庭訪問に来た担任の先生が、その異常な事態に気付いてくれて、私はその日のうちに児童相談所の保護下に置かれて入院した。

だけどすぐに反省したふりをして連れ戻され、暴行されてはまた保護されることの繰り返し。

祖父母は既に他界していたし、親に兄弟姉妹はいなかったから親戚を頼る術《すべ》もなかった。

しばらくして児童相談所の人のおかげで、シェルターへの一時避難から、児童養護施設に入所することが決まった。

奨学金で高校と大学に通い、二十歳になってようやく縁が切れると、分籍の手続きをしたけど、そこになんの意味もないことを知って絶望したこともある。

だけどこの時に相談に乗ってくれたのは他ならない汰一さんで、汰一さんのお姉さん夫婦が私を養子縁組して、家族として受け入れてくれたおかげで今の私がある。

「じゃあつまり、香川さんは彼女の叔父《おじ》さんなんですか」

「この子を守るための措置《そち》で、あくまで戸籍上です。それに常盤の苗字は私の母の旧姓で、沙矢は二十歳の時に改名しています」

人には知られたくない過去なのに、勤め先のトップであり、しかも個人的な繋がりもない梶峰さんに、こんなところで露見してしまった。

◆◆◆

その後も続いた汰一さんの話によると、非通知の電話の件以来、私の身を守るために、あの人たちについて調べてくれたらしい。

父に関しては、私が他人の戸籍に入り、接近禁止の仮処分が下ってようやく目が覚めたのか、更生施設や医者にかかって社会復帰し義母と離婚したそうだ。

だけど義母は現実を受け止められず、離婚は私のせいだとして、いまだに私のことを嗅《か》ぎ回っていると分かったという。

そして義母が汰一さんを知ったのは、父が不在の時を狙って実家に入り込み、部屋を漁って書類などから探り当てたのではないかと話す。

「だから今回の手紙は沙矢の父親ではなく、義母からの嫌がらせだと思います」

後に続いたすまないという言葉は、知ってたのに黙ってたことについて言ってるんだろう。

戸籍上親となってくれた養父母や、手を差し伸べて橋渡しをしてくれた汰一さんに迷惑をかけたくない。

そのことを知った私がどうするかなんて、汰一さんにはすぐ予測出来ただろうし、黙っていた理由はそれだと見当がつく。

「私的な事情に巻き込む形になってしまい、本当に申し訳ありません」

改めて梶峰さんに頭を下げる汰一さんに倣《なら》って、私も慌てて頭を下げる。

「そんなのは良いですから。それより香川さんのことも嗅《か》ぎ回ってるなら、彼女は私の方で保護しましょうか」

梶峰さんの突然の申し出に虚《きょ》をつかれる。

「いえ、こちらでホテルなり部屋なりを用意出来ますので」

すぐに汰一さんが返事すると、ですがと梶峰さんが返す。

「いつ解消出来る問題か分かりませんよね。これは身勝手な言い分ですが、私も私の事情があり、彼女にここで離脱されるのは困ります」

「そちらはすぐにでも代役を立てて」

「いいえ、最初にお願いした通り、この話を、私の事情を知る人は最小限に抑えたい」

「ですが、沙矢の今の状況は」

「分かってます。だから今後は常盤さん本人に、私の恋人役を頼むことにします」

梶峰さんはそう言うと、汰一さんと私を交互に見て更に話を続ける。

「私の恋人であれば、一緒に住むことに不自然はないし、会社も車で送り迎えが可能です。それに私の依頼に関しても、内容は多少変わりますが、続けて対応してもらえるでしょう？」

「ですが……」

「彼女の安全が第一なら、誰かと同居するに越したことはない。この数ヶ月、個人的に関わった縁です。私に預からせてくれませんか」

お願いしますと逆に頭を下げられて、汰一さんも私も困惑する。

だけど確かに、梶峰さんはまだお祖母《ばあ》様を説得出来ていないし、依頼を途中で放棄するのは気が引ける。

「沙矢はどうしたい」

汰一さんに問われて口籠《くちごも》ると、ふと目が合った梶峰さんに頼むとまた頭を下げられ、根負けしてしまう。

「……ご依頼に応《こた》えたいです。だけどお宅にお世話になるのは気が引けます」

「君の安全のためだ。これは君を社員として預かる立場からも譲れない。すまないね」

優しくごめんと微笑まれると、どうしても嫌だとは言えなくなった。

「分かり、ました」

「うん。よろしくね、常盤さん。ところで香川さん、さっきの話ですけど、証拠となるものはありますか」

「ああ。興信所が調べた報告書と音声データなら用意出来ます」

「じゃあまずは被害届ですね」

二人が義母のストーカー行為について話し合いを始めたので、私は洗面所を借りて着替えを済ませメイクを落とす。

ウィッグを被っていたせいで、髪にぺたんと寝かせたような癖がついてしまったので、仕方なく一つにまとめてお団子を作って結い上げた。

着替え終えてリビングに戻ると、警察署に事前に問い合わせているらしく、スピーカーに切り替えたスマホの向こうから、届け出に必要なものの説明が聞こえてくる。

私は静かにソファーに戻り、梶峰さんがメモ用紙にペンを走らせる様子を見守った。

「今日はもう遅いですし、明日の朝受け付けてくださるそうなので、香川さんも同行していただけますか」

「もちろんです。本当に申し訳ない」

「謝らないでください香川さん。全然良いんですよ。常盤さん……いや、沙矢は私の恋人なので」

こんな緊急事態なのに、楽しげにそう言う梶峰さんに思わず噴き出してしまう。

「あ、いや、すみません」

「自然な笑顔が出たね」

梶峰さんはそう言って微笑むと、届け出は明日だから泊まっていくかと汰一さんに確認する。

「香川さんとしても心配でしょうから、雑魚寝《ざこね》になりますけど」

すると意外なことに汰一さんはそれを断って、私のことをお願いしますと頭を下げる。

「戻って資料に不足がないか確認したいですし、梶峰さんのことは信用してますから。沙矢のこと、よろしくお願いします」

そうして汰一さんはソファーから立ち上がると、情け容赦なく一人で帰ってしまった。

玄関が閉まってガチャリと鍵がかかる。

「さて。とりあえず風呂沸かすから、ゆっくり入って疲れを取ろうか」

にっこり微笑まれて、私は引き攣《つ》った笑みを浮かべるしかなかった。

◆◆◆

お風呂から上がってドライヤーで髪を乾かす。梶峰さんが貸してくれた彼の寝巻き代わりのパーカーはブカブカすぎてずり落ちてくるので、袖を捲《まく》り直す。

梶峰さんは帰宅する時に、念のためにとコンビニでキャミソールとショーツを買ってくれていた。

あの手紙を見た時点で、既に私の自宅には帰れないことを想定していたのかもしれない。

ブラを着けていないので心許《こころもと》ないけど、一日中着けていた下着を着け直すよりはマシなので、用意されたものを身に着けた。

そして髪を乾かし終えて洗面所から出ようと一歩踏み出すと、今度は目一杯紐で締めたはずのズボンがストンとずり落ちる。

「あぁあ！　もうっ」

ズボンを穿《は》き直して、腰元を押さえながら洗面所を出ると、リビングでお酒を飲んでいる梶峰さんに声をかける。

「お風呂ありがとうございました」

「ちゃんとあったまった？　なに、どうしたの変な格好して」

「押さえてないとズボンが、その……」

「ああ、ごめんね。それでダメなら他のも無理だろうな」

後半は何かを思い出すように、呟くような声で梶峰さんは申し訳なさそうに答える。

「申し訳ないけど、それしか用意出来ない。早くベッドに入って寝たら良いよ」

「いや、私はソファーで」

「ダメだよ。それにソファーで寝てズボン脱げちゃったら嫌でしょ」

「それは！」

「ははは。ね？　だからベッド使ってください」

梶峰さんはソファーから立ち上がると着替えを持って、風呂に入ると言い残し、バスルームに向かってしまった。

（こんなの困るよ……）

家主のベッドを見たところ、シンプルだがやたらと大きくて豪華なものだった。多分背が高い梶峰さんがゆっくり使える海外の輸入品ではないだろうか。

しばらく悩んだ挙げ句、腰元を押さえてズボンを固定しながらベッドに近付く。ふわりと嗅《か》ぎ慣れた梶峰さんの匂いがして急にドキドキしてくる。

こんなところで眠れないと思うものの、先ほど指摘された通り、ソファーで眠って万が一にもズボンが脱げてしまったら目も当てられない。

「失礼します」

誰もいない部屋で一礼して仕方なくとりあえずベッドに座ると、梶峰さんの匂いがブワッと濃くなって、ますます心臓が激しく脈打つ。

家主をソファーで寝かせることへの罪悪感と、ズボンが脱げるアクシデントを天秤《てんびん》にかけ、どうするべきなのかと唸《うな》ってしまう。

（ただでさえ急に泊めてもらうことになっちゃったし、だけど粗相《そそう》をしてみっともない姿を見せるのもダメだし……）

ああでもない、こうでもないとベッドの上でバタバタしていると、動く度《たび》に梶峰さんの匂いがして頭がクラクラしてくる。

「マズい。色々とマズい」

「なにがマズいの」

「うわあっ」

急に声をかけられてビックリした拍子に立ち上がると、固定を忘れたズボンがストンと床に落ちた。

「……あ」

思わず声が漏《も》れた。

（終わった）

恥ずかしすぎて身動きがとれなくなってしまう。足元を隠したい気持ちと、消え入りたい思いで顔を覆《おお》い隠すと、クッと喉を鳴らして肩を揺らす梶峰さんの気配を感じる。

「ブカブカだからね、仕方ないよ」

可笑しそうに笑いながら、後ろを向いてるうちにどうぞと言われてズボンを穿《は》き直す。

「すみません、本当にすみません」

コメツキバッタのようにペコペコと頭を下げると、梶峰さんはまだ可笑しいのか、口元を押さえて笑うのを堪《こら》えている。

「沙矢は、そんな感じの子でしたか」

「はい？」

「いや、俺は本当の君を知らないからね。さて。ベルト代わりになる紐みたいなものあったかな」

梶峰さんはナチュラルに私を沙矢と呼び、クローゼットを開けて紐を探し始める。

「あのっ、本当にっ、その」

「沙矢が悪い訳じゃないんだから。ごめん、ネクタイくらいしかないわ。これで良いかな」

「いやっ、そんな、恐れ多い！」

「恐れ多いって、ふふ、緊張しすぎだろ」

クローゼットからネクタイを取り出した梶峰さんは、相変わらず可笑しそうに肩を揺らしながら、これで結べばマシだと思うと渡してくれた。

「ぐっすり眠れるように、お酒でも飲む？」

「はい……あ、いえ、大丈夫です」

「フッ、どっちなんだよ。ブランデーで良いかな。腰、ちゃんと結ぶんだよ」

キッチンに向かった梶峰さんを見送り、パーカーをたくし上げて、引き上げたズボンの上から、腰にネクタイを巻きつけてキツく結ぶ。

何度か下から引っ張って、落ちないことを確認すると、やっと安心して溜め息がこぼれた。

「沙矢、こっちおいで」

キッチンから私を呼ぶ声がして、もはや沙矢呼びは梶峰さんの中で確定事項なのかと考えながら寝室を出る。

私の姿を確認すると、グラスに入ったブランデーを持った梶峰さんがリビングにやって来た。ソファーに座るように言われて腰を下ろす。

「明日は朝から出かけなきゃいけないし、この一杯飲んだらベッドで寝なさいね」

「いや、腰結びましたから、私はソファーで」

「万が一外れたらズボン脱げるよ？」

「う、それは」

「ね？　それとも添い寝しようか」

「は、はい？」

「俺がソファーで寝るのが気が引けるなら、二人でベッドで寝るしかないけど」

「私がソファーという選択肢は……」

「ないね」

　キッパリと言い切られて、結局押し負ける。

「分かりました。なら添い寝でお願いします」

　そう答えた私に、梶峰さんは冗談だったのにと驚いた顔をしてから、じゃあよろしくお願いしますとキラキラした笑顔を見せた。

◇◇◇

　あれだけ緊張して騒いでいたのに、こんな無防備にスヤスヤ眠れるものかと、隣で規則的な寝息を立てる沙矢を見つめる。

「怖かったよな。少しはリラックス出来たか」

沙矢の生い立ちや香川さんとの繋がりを聞いて、驚きしかなかった。

そして沙矢の心の内を思うと、いつまでも解放されない恐怖を抱えるのは、どんなに辛いことだろうと胸が張り裂けそうになった。

幼くして母親を亡くし、愛情が一層恋しい時に、酒に溺れていく父親をどんな思いで見つめていたんだろうか。

いつかは記憶の中の優しい父親が戻ると信じた日々だったんだろうか。

それなのに義母に加えて、その実の父親からも酷い扱いを受けたとなると、俺が想像していた以上に心の傷は根深いはずだ。

なぜあんなにも可愛らしくキラキラと笑えるんだろう。沙矢として生きていないからだろうか。

そう思うと胸が詰まる。

なんとなく彼女が演じること、自分ではない誰かを生きることに没頭していく心情が理解出来る気がして、だからこそ俺には、俺だけには素顔を見せて欲しくて、揶揄《からか》うようなふざけた空気を作った。

それは沙矢にとって配慮がなく、優しくもない不快なものだっただろうか。

どうするのが正解か分からないが、沙矢には沙矢として笑って欲しいのに、その糸口すら掴めないことがもどかしい。

「ん……」

寒いのか、それとも今日の出来事を思い出しているのか、一瞬身を震わせた沙矢を抱き寄せると、首元に腕を滑り込ませてしっかりと抱く。

「大丈夫。俺がいる」

背中をさするように抱き締めると、鼻先を俺の首筋にすり寄せて、匂いを嗅《か》ぐようなそぶりを見せる。

「……のぼ、さん」

惜しい、一文字足りない。

だけど多分、俺を呼んでくれているんだろうと都合良く解釈して、抱き締める腕に力を込める。

同じシャンプーを使っているはずなのに、甘く香るのは彼女自身の匂いだろうか。

堪《たま》らなく愛しくなって、その髪の毛に口付けを落とす。

「んっ」

首筋に息がかかって、思わず体がゾクリと震えた。

俺は俺が思う以上にこの子に溺れてしまっている。

湧き上がる劣情をグッと堪《こら》えると、代わりに、こんなにも華奢《きゃしゃ》な体で一体どれほどの苦しみを抱え込んできたのかと苦しさが込み上げてくる。

香川さんの話では、母親を亡くしてから中学に上がるまで、実の父親と継母《ままはは》からネグレクトに加えて暴力まで振るわれていたという。

沙矢は何も言わずに俯いていた。思い出したくもない辛い経験なんだろう。

俺に理解しろと言われても、ぬくぬくと何不自由なく育ち、親の愛情を疎《うと》ましくさえ感じるような、そんな環境にいたのだから、理解出来るはずがない。

（痛みは想像出来ても、共感まではしてやれない）

俺が劣悪だと感じる環境が、沙矢にとっての日常で、給食以外の食事は親の残飯処理みたいなものだったと言っていた。

想像を絶する深い悲しみに、沙矢は耐えて耐えて、香川さんや、彼の姉夫婦と巡り合ってようやく自分の人生を掴んだはずだ。

「沙矢……」

沙矢が今何を感じていて、何を思い出して震えているのか、出来るならその全てを取り除いてやりたい。

そしてとことん甘やかして、自分の存在価値を認められるように、自分自身を好きになるように手助けしてやりたい。

確かに芝居が好きなのは幼い頃からなんだろう。香川さんにも幼い頃に出会って、ファンレターから文通を続けていたくらいだ。

だけど母親を亡くしてからはどうだろうか。

沙矢が演じるのは架空の誰かで、あれはもはや演技の域を超えている。

そうやって自分ではない誰かでいることが、沙矢にとっては唯一息が出来る方法だったのではないだろうか。

そう思うといたたまれなくて、どうにかしてやりたくなる。

俺が救うだとか助けるだとか、そんなのは烏滸《おこ》がましい考えだとは分かっている。

だからせめて、俺が彼女を必要としていて、他の誰とも代えがたい存在だと教えたい。

「うっ……」

腕の中でまた震え始めた沙矢の背中をさすり、大丈夫と繰り返し言い聞かせる。

「沙矢、大丈夫。ギュッてしてごらん」

沙矢の腕を取ってゆっくりと俺の背中に回すと、眠っていてもどこかで聞こえているのか、俺を抱き締めて縋《すが》り付いてくる。

「俺がずっと沙矢を守るから。だから大丈夫」

慰《なぐさ》めにもならないのは分かっている、だけど言わずにはいられないし、本気でずっとそばにいて守ってあげたい。

沙矢はうなされているけど、起きる気配がない。

それがもどかしくて、悪夢ならその場から引き摺《ず》り出してあげたくて、髪を掻き分けて露《あら》わになった沙矢の額に口付けを落とす。

「ごめんな。こんなことしかしてやれない」

無力さを痛感しながら、少しでも沙矢が安らぐように、背中に回した手で撫でつつ夜が明けるのを待った。

目が覚めると違和感を覚えて、次にこんな抱き枕持ってたかなと、しがみついたものの正体が分からないまま、ぼんやりとする頭で考える。

だけどポカポカして温かくて、このままでいたいような幸せな気持ちで、抱き枕をさすりながら重たい瞼を開くのを躊躇《ためら》っていると、おでこに何かが触れる。

「……んん」

まだ起きたくない。そんな気持ちと葛藤《かっとう》しながら、重たい瞼をゆっくりと開ける。

「起きるまで腕の中にいてくれたの初めてだ」

「ん？」

「まだ眠たいかな」

優しく髪を撫でられて、またおでこに柔らかい何かが触れる。

「……!?」

ハッとして顔を上げると、寝起きだというのにキラキラした眩しい笑顔の梶峰さんとバッチリ目が合った。

「まだ寝てても大丈夫だぞ」

「うひ」

「ん？」

「あ、の……私、この、え」

「ぐっすり眠れたかな」

優しい眼差しに捉えられて、サラリと髪を掻き分けるように頭を撫でられると、王子様のキスで目覚めたお姫様はこんな気分なのかなと、ついうっとりした気持ちになる。

だけどそんな妄想に耽《ふけ》っている場合じゃない。

「おはっ」

「どうした」

「おはようっ、ございましゅ」

「ふっ、おはよう。沙矢」

梶峰さんは蕩《とろ》けるような笑みを浮かべると、リップ音を立てて私のおでこにキスをする。

目覚めの時に感じた、あの柔らかい何かの正体に気付いて、一気に顔が真っ赤に染まるのが自分でも分かる。

「顔が真っ赤だな」

「ひっ、や、やめてください」

「どうして？　可愛いよ」

いかにもベッドの中で囁かれるような甘いセリフに耐えられず咄嗟《とっさ》に俯くと、梶峰さんの首筋に顔を埋める形になってしまって、フワッとあの香りがする。

「沙矢、恥ずかしいの？」

「当たり前です」

反論する声が思わず上擦《うわず》る。

「本当みたいだね。耳まで真っ赤」

「うぅう……」

「抱っこして眠っただけだよ。俺と沙矢が、一緒に、抱き締め合って、眠っただけ」

そう言って今度は髪にキスされて、ギュッと体を強張らせた私は梶峰さんにしがみついていることにようやく気が付いた。

「ギャッ！」

慌てて回していた腕を離すけど、私を抱き締めてる梶峰さんの腕は解《ほど》けず、可笑しそうに喉を鳴らす音が聞こえる。

「完全に目が覚めたんだな」

「……はい」

「じゃあ、そうだな。頬っぺにキスしてくれたら放してあげてもいいよ」

「えっ!?」

「してくれないならもう少しこのまま過ごしたいな」

「もう少しって……」

「一時間くらいは余裕あるかな」

「少しじゃないじゃないですか」

咄嗟《とっさ》に顔を上げると、色気ダダ漏《も》れの梶峰さんと目が合った。彼の唇がゆっくりと開く。

「キスしてよ」

至近距離でそんな甘い言葉は卑怯すぎる。

しかも今までの彼女たちにだって、そんな甘ったるいこと言わなかったのに。

「沙矢」

少し掠《かす》れた熱っぽい声で名前を呼ばれるだけで、体の奥が疼《うず》くように全身が震える。

「ねえ……」

梶峰さんが何か言いかけた隙を狙って、頬っぺたにキス、というより衝突するみたいに唇をぶつける。

「情熱的だね」

「し、しましたからっ！　放してください」

「キスはこうするんだよ」

唇を塞がれると思った瞬間、端の際どいところに梶峰さんの唇が触れて、しっとりしたリップ音を立てる。

「次はこうじゃないと放してやらないからな」

呆然とする私にキラキラした笑顔を向けると、梶峰さんはようやく腕を解いてくれた。

「あ、うぅ」

「まったく、本当に可愛いね。またキスして欲しいのかな」

「いえ！　間に合ってます」

咄嗟《とっさ》に答えると、可笑しそうに肩を揺らす。

そして私は、梶峰さんに腕枕をさせたままだということに気が付いて慌てて頭を起こす。

「ごめんなさい、腕、痛くないですか」

「全然。さて、コーヒー淹《い》れてあげるから、ゆっくり起きておいで。顔洗うなら洗面所にあるタオルを好きに使って構わない」

そう言って先にベッドを出ると、梶峰さんはあくびを噛み殺しながら伸びをしてキッチンに向かう。

まだ心臓はバクバクしているけど、異様な緊張感からようやく解放されて深呼吸する。

呼吸を整えてから頬を叩いて気合を入れ、ベッドから起き上がって、ズボンが落ちないことを確認すると、お言葉に甘えて顔を洗いに洗面所に向かう。

鏡に映ったゆでダコみたいで締まりのない顔が恥ずかしくて、冷たい水で顔を洗うとタオルを借りて拭いた。

「沙矢」

「っはい!?」

「化粧水も買っといたから、それ開けて使って。コンビニで買ったから肌に合わなかったら悪い」

「いえ、助かります。ありがとうございます」

突然洗面所を覗き込むようにやって来た梶峰さんからは、香ばしいコーヒーの香りがした。

化粧水を馴染《なじ》ませて保湿を済ませると、寝乱れた髪の毛を手櫛《てぐし》で整えてから、再び頬を叩いて気合を入れてリビングに向かう。

「甘くするなら砂糖もあるし牛乳もあるけど、どうする？」

「え……と、じゃあミルク多めの甘いので」

「うん。ソファーで待ってて」

「ありがとうございます」

梶峰さんの勢いに押されっぱなしのまま、私はソファーに座った。

◆◆◆

朝から梶峰さんのペースで翻弄《ほんろう》されたけど、汰一さんがやって来る頃にはそのキラキラ攻撃も収まって、ようやく私も平常心を取り戻した。

そして汰一さんの車で自宅から一番近い警察署に向かうと、事前に話をしていたからか、生活安全課の担当者は親切に話を聞いてくれた。

手紙には〈見・つ・け・た〉としか書かれていないけど、封筒に悪質な細工が施されていたので、被害届を出すことが出来た。

わざわざ休みを取った梶峰さんと汰一さんが立ち会ってくれて、自宅からボストンバッグとトランクケースに詰め込んだ大量の私物を、なんとか梶峰さんの家に運び込んだ。

「すみません、この後仕事が入ってまして」

「お忙しい中ありがとうございました」

「いえ、お礼を申し上げるのはこちらの方です。じゃあ沙矢、またな」

梶峰さんの家に着くなり、汰一さんは夜にまた顔を出すと言い残して、バタバタと帰ってしまった。

「沙矢、クローゼット空《あ》けておいたから荷物そこに入れちゃって。ハンガーも好きに使って構わないから」

梶峰さんは昼ご飯を作るらしく、その間に私は自宅から持ってきた洋服をハンガーに吊るしてクローゼットにしまっていく。

急いで詰めてきたので、色々と足りないと感じるものはあるけど、汰一さんがその辺りは後で回収してくれるそうなので甘えることにした。

洋服を片付け終えて、何足か持ってきた靴を玄関に置かせてもらうと、ちょうどそのタイミングで梶峰さんにご飯が出来たと声をかけられる。

「片付いた？」

「はい。あ、靴出したままで大丈夫ですか？　下駄箱に入れといた方が良いですか」

「出してて構わないよ」

「分かりました」

手を洗って、先に戻った梶峰さんを追いかけるようにリビングに向かうと、凄く良い匂いにお腹が鳴りそうになる。

「出来てるぞ」

「凄くいい匂いがしますね。グラタン、ですか」

「アスパラとブロッコリー、それからオクラとほうれん草。野菜たっぷりのホワイトラザニアにした」

「凄い！　初めてです。めちゃくちゃ美味《おい》しそう」

ホワイトソースとチーズたっぷりで、ボリューム満点で食べ応《こた》えがありそうだ。焦《こ》げたチーズがまた香ばしい匂いで食欲をそそる。

「ごめん沙矢、スープの盛り付け任せていいかな。棚の奥にスープ皿のセットがあると思う。淡い水色のやつ」

「任せてください」

梶峰さんの私に対する沙矢呼びはやはり確定なんだなと、それを咎めるのはやめて指示通りに動くことにする。

「バゲットは軽くトーストしたから、ジャムとかパテとか好きなの塗っても良いし、ラザニア載せても美味《おい》しいんじゃないかな」

「確かに！　それ絶対美味《おい》しいやつですね」

ミネストローネを掻き混ぜて、具材がたっぷり入るように器に盛り付けていると、梶峰さんが隣で調理器具の洗いものを済ませて何か思い出したように私を呼ぶ。

「沙矢」

「はい」

隣に並んで立っている梶峰さんの顔を見上げると、朝みたいに蕩《とろ》けた笑顔と目が合う。

「可愛いね」

「なっ!?」

「そうやって笑ってくれるなら、俺はなんでもするよ」

ポンと手を置くように肩を叩き、冷めないうちに食べようと、梶峰さんが料理を運んでくれる。

昨日のことがあるから、ずっと気を遣わせていたんだろう。猛烈に申し訳なくなってその場から動けなくなる。

「沙矢？」

二ヶ月ちょっと、仕事とはいえ個人的に会うことが続いて、私は勘違いしていたけど、梶峰さんは仕事相手で、しかも勤め先のＣＥＯだ。

そんな人にいらぬ気を遣わせてしまった。

あまりにも自然に接してくれるから、気付かないで完全に甘え切っていた。

「沙矢、どうした」

「梶峰さん、申し訳ありません。私は自分の分もわきまえずに」

「沙矢……」

「大丈夫です。小さい頃からですし慣れてます。だから心配しないでください」

顔を上げて笑顔を作ると、怒ったようなそれでいて悲しそうな顔をした梶峰さんは、一瞬の躊躇《ためら》いを見せると、次の瞬間私の唇を奪った。

「するよ」

「え」

「するよ、させてくれ」

肩を掴まれて少し屈《かが》んだ姿勢の梶峰さんと至近距離で見つめ合う。言われている言葉の意味が分からなくて私は困惑する。

「何を、ですか」

「俺に心配くらいさせてくれ。俺を沙矢の心の外へ追いやらないでくれ」

「梶峰さん……」

「君は俺がどれほど君のことを好きなのか知らない。分かろうともしない。それでも仕方ないと思ってきたけど、分からないふりで遠ざけるつもりなら俺も引かない」

「だけど、梶峰さんが見てきたのは私じゃないんです」

私は生きている価値がない。誰かを演じていないと存在する意味がない。

「違うだろ沙矢」

掴まれた肩を乱暴に揺さぶられて、しっかりと目を見て梶峰さんが顔を覗き込んでくる。

「君が演じた彼女たちだから、俺は惹かれたし興味を持った。沙矢から生まれた彼女たちだから、日々を費《つい》やすことに喜びだって覚えた。明日が待ち遠しかった」

梶峰さんは一旦言葉を切ると、分からないふりをしないでくれと呟いた。

「沙矢、俺は演じてる君ごと好きなんだよ」

◆◆◆

おいでと言われて、怒らせるのではないかと思うと拒《こば》み方が分からず、だけど拒《こば》まなければいけない気がして棒立ちになっていると、有無を言わさず手を取られた。

ボスッと音を立てて、後ろ抱きにされたままソファーに座る。

「沙矢、最初に会った時のことは覚えてるか」

「お見合いですか」

「ああ。松永美沙希として、君は俺の前に現れた」

『人材レンタル』の陣野真弓として、お見合い代行を請負い、替え玉がバレて詰んだ仕事だ。

「まさかＣＥＯが」

「昇」

「梶峰さんが」

「昇」

「……昇氏が相手とは思いませんでしたし」

「なんだ昇氏って」

梶峰さんが可笑しそうに笑って、小さく体を揺らすのが後ろから伝わってくる。

「そもそもお断りが前提で、お相手も昇氏ではなくて別の方の予定でしたし」

「だからなんなんだよ、その昇氏って」

脇腹をくすぐられてあっさり音《ね》を上げる。もう梶峰さんとは呼ばせてくれなくなった。

「言葉にするのは難しいけど、表現しがたい魅力のある子だと思った」

「誰がですか」

「沙矢以外、誰の話をしてるんだよ」

「えっと……陣野真弓、でしょうか」

「まあ、ある意味そうなのかもしれないけど」

松永美沙希の特徴を捉え、見た目に派手さはあるものの、隠しきれない人の良さと可愛らしさがあったと、私の手を取って愛しそうに指先を撫でる。

「自分でも意地が悪いと思ったけど、別人だとバレていると聞かせて反応が見たくなったのは、ささやかな悪戯《いたずら》だった」

「性格悪いですね」

「お褒めいただきありがとう」

そう言ってまた脇腹をくすぐられる。

「でもやっぱりプロだと思った」

「プロ？　どの辺がですか」

「俺を冷静な目で見て、どこまで知っているのかと探りを入れる姿勢には興味を引かれたよ」

「冷静なんかじゃなくてパニックでしたよ」

指先からジリジリと迫り上がるむず痒《がゆ》くて甘ったるい痺《しび》れを堪《こら》えながら、記憶を呼び起こしてなんとか返す。

「でも松永美沙希のことを教えても一瞬片眉が動く程度で、それ以上のボロを出したりはしなかった」

「そう、だったでしょうか」

「その後、徹平の結婚式の二次会で再会した時も感心させられた。全くの別人としか認識出来なかったのは、醸《かも》し出す雰囲気が全然違ったからね」

「あれは大失態です。黒歴史ですよ」

「沙矢の可愛い声だけが手がかりだった。あの声で、君がそこにいることに気付くことが出来た」

私の喉元を、梶峰さんの指が往復するように緩やかに撫でる。

「さすがにあそこまでいくと、陣野真弓という女性に湧き起こった関心は、執着《しゅうちゃく》に似たものに変わっていったよ」

耳朶に唇が触れそうな位置で囁かれてドキッとする。

「だからまさか、自分の会社の社員だとは夢にも思わなかった。化粧っ気はないし、愛想なく見せるための伊達《だて》メガネに、黒髪を低い位置で結んだ典型的な事務員姿。あんなの擬態だろ」

「本当の私はそうなんです」

「沙矢」

「クズなのに生かされてることに、感謝しないと。目立たず、浮かず、息を殺してないとダメだから」

「違う。沙矢はそう強《し》いられてきただけだろ」

過去が蘇《よみがえ》って身を硬くする私を抱き締める力を強めると、昇さんは首筋に顔を埋めて泣き出しそうな声を出す。

「俺に出来るなら、沙矢をそこから引き摺《ず》り出したい。芝居以外で、泣いても怒っても良いんだって、分からせてやりたい」

「そんなことしても、相手がそれを受け入れなければノイズでしかないんですよ」

「俺もそうなると思ってるのか」

「それは……」

「この数ヶ月、俺と過ごした彼女たちみたいに、その時に感じたまま、自由でいて欲しいんだよ」

「あれは私じゃないですから」

「違う、全部沙矢だろ」

演じ分けたはずの彼女たちを私だと言われて、私自身を否定された気持ちになってしまう。

私には芝居をすることしか出来ないのに。

「みんな違った。誰一人として沙矢じゃない。笑い方も、間の取り方も、誘い方も、呼吸一つだって、誰一人として沙矢とは重ならない」

「なら、それのどこが私なんですか」

「彼女たちと会う度《たび》に、沙矢自身のことが気になって仕方なくなった。彼女たちを演じ分ける沙矢の本質が知りたくなったんだよ」

「私に中身なんてないんです」

「またか。そんなことを言う自分を許すなよ」

「…………」

「芝居が好きで、演じることがやめられなくて。確かに、自分を否定したい気持ちがそれを加速させたのかもしれないけど、初めは純粋に、芝居に憧れて胸を焦《こ》がしたんじゃないのか」

「昇さんには分かりませんよ」

「分からないから知りたいと思うんだろ。俺の沙矢への気持ちすら否定して拒《こば》むのかよ」

「でも本当にないんです。私なんて人格は」

「本当にないなら俺に創らせてくれ。これから二人で、沙矢を創っていけばいい」

「どうしてそこまでするんですか」

「好きだからだよ、沙矢のことが。君自身を愛したい。沙矢に俺を愛して欲しいからだよ」

王子様の甘い言葉に、お姫様に憧れる普通の女の子ならうっとりするのかもしれない。

だけど私は愛が諸刃の剣だと知っている。

『とっても幸せよ』

だけどふと、私と父の話を楽しそうにしていた母の顔が浮かんだ。

あれは、あの笑顔は嘘なんかじゃなかったはずだ。

◆◆◆

昇さんの家にお世話になるようになって、身を守るためだからと、ＣＥＯ命令で一週間有給休暇を使うことになり、私は軟禁のような生活を強《し》いられている。

職場も突き止められていたら万が一があるからと、昇さんと汰一さんの二人に説得されてしまったのだ。

「沙矢。今日はあんまり食べなかったけど、具合が悪いのか」

夕飯の片付けをしていると、隣に並んだ昇さんが、洗い終わった食器を拭きながら顔を覗き込んでくる。

「いえ、体調は問題ありません」

「やっぱり気が気じゃないよな」

「それもありますけど、ずっと部屋の中に閉じこもってるのが、なんて言うか閉塞感があって」

「そうだよな。安全のためとはいえ、気が滅入《めい》るよな」

「すみません。身勝手なこと言ってしまって」

「謝らなくて良いんだよ。でもそうだな、息も詰まるだろうし、今からでよければドライブしようか」

昇さんは最後の食器を拭き上げると、どうかなと優しい笑顔でまた私の顔を覗き込んだ。

正直なところ、恐怖が強くて外に出る勇気はない。

だけどいくら昇さんがいてくれても、慣れない環境で過ごす時間は、嫌でも神経がすり減っていく。

「嬉しいです、ドライブ」

「じゃあ、支度したらすぐ出かけようか」

「はい」

部屋着だった私は、寝室のクローゼットから服を取り出すと、洗面所で洋服を着替える。

外に出るのは本当に久しぶりなせいか、万が一が頭をよぎって強い眩暈《めまい》でふらつくのを、咄嗟《とっさ》に洗面台に手をついて支える。

「もし、昇さんのことも、この場所のことも知られてたら」

鏡に映る青褪《あおざ》めた顔の自分に向かってそう呟いて、やっぱり出かけるべきじゃないと思い直して洗面所を出る。

「沙矢、もう着替え終わった……どうしたの。顔が真っ青じゃないか」

「昇さん、私やっぱり」

「気晴らししたかったんじゃないのか？　それともやっぱり具合が悪くなったのか」

「体は大丈夫です。気晴らしはしたいんですけど、昇さんのこととか、このマンションだって、もし知られてしまっていたらと思ったら、私……私のせいで！」

情緒が安定しなくて急に大声を出した私を、昇さんの腕が優しく抱き締める。

「大丈夫だよ。うちのマンションはセキュリティがしっかりしてるし、ドライブするだけなら地下の駐車場に直接行ける。表を出歩かないんだから、沙矢を傷付けることは何も起こらない」

「でも、考えたら怖くて、どうにかなりそうで」

「沙矢。大丈夫、俺がそばにいる」

「昇さん」

「外の空気を吸おう。ずっと家にこもってたから、きっと不安が募りやすいだけだよ」

「でも、私なんかのせいで昇さんが傷付いたらって考えると」

「そうだよな。不安だよな。でも行動してみないと何も変わらないからさ。今出来る一歩を踏み出してみないか？　沙矢」

昇さんは身を屈《かが》めて私の顔を覗き込むと、俺がそばにいるだろと、繰り返し呟いて頬にキスをした。

昇さんの家で過ごすようになって変わったことは、まだ芝居の延長のはずだけど、私が常盤沙矢として彼に愛される恋人になったということ。

こんなスキンシップも、きっと私を安心させるためのものだろうと分かっていても、空虚《くうきょ》な私の心が昇さんの思いで満たされていく。

この人に、心の底から愛してもらえたらどんなに幸せだろうか。

「どうした、沙矢」

「いえ、なんでもありません」

「どうする？　ドライブはやめておくか」

「行きます。連れていってください」

「よし。じゃあ行こう」

にっこり笑う昇さんの嬉しそうな笑顔に釣られて、私も自然と笑顔になる。

戸締りをして部屋を出ると、昇さんが言った通り地下の駐車場までエレベーターで直接降りた。

ここに来た時は恐怖に支配されてたからか、周りを何も見てなかったことを実感する。

「沙矢、車こっちだよ」

「あ、はい」

最初に乗った時は、一体誰が乗り回すんだろうと思ったグランドツアラーだけど、この車にはもう何度も乗っている。

昇さんにエスコートされて助手席に乗り込むと、初めてじゃないのに凄く緊張した。

「沙矢、なんか緊張してない？」

「いえ、よく考えたら、私として乗るのは初めてだなって思って」

「あ。やっと意識してくれた」

「ちょっと昇さん、揶揄《からか》わないでください」

「全然揶揄《からか》ってないよ。もっと俺を意識すれば良いと思ってるよ」

手を掴まれて、なんでもないようにそのまま手の甲にキスされると、恥ずかしさで顔が熱くなる。

咄嗟《とっさ》に腕を引いたのに、手を放してくれないから、昇さんごと目の前に迫ってきた。

「あれ、大胆だね」

「違います！　手を放してください」

「怒ってるのも可愛いね」

「もう、昇さん！」

やっと手を放してくれた彼の肩を叩くと、楽しそうに笑った昇さんがようやくエンジンをかけて車を出す。

たわいない話をしながら、高速に乗り込む前にコンビニで飲み物を買って、夜の海でも見に行こうかと、行く場所を決めてそのままドライブを楽しんだ。

◆◆◆

海浜公園の駐車場は週末なこともあって、遅い時間なのに何台も車が停まっている。

「沙矢、本当に降りちゃって平気だったのか」

「怖くなったらすぐ言います」

「うん。そうして」

昇さんと手を繋いで海浜公園を歩くと、私たちと同じように手を繋いで歩くカップルをちらほら見かける。

「ねえ沙矢」

「はい」

「沙矢はうちの会社で、楽しく働けてる？」

「どうしたんですか、突然」

そんなことを聞かれるとは思っていなかったので、隣を歩く昇さんの顔を見上げる。

「いや、俺はまだまだ沙矢のことを知らないからさ。なんでうちの会社で働くことにしたのかなって」

「そうですね……初めてバイトじゃない仕事をするなら事務の仕事が良くて、よく分からない会社より、見聞きしたことがある企業が良いと探してて、そしたら契約社員をちょうど募集してたから」

「じゃあ、特段ブライダル系の仕事がしたかった訳でもないのかな」

「入ってみて面白そうだと感じましたし、実際楽しいですけど、入社した時はそこまで拘《こだわ》りはなかったですね」

「そうだったんだね」

「お恥ずかしい限りです。昇さんは、どうしてモデルを辞めたんですか」

「おや？　ついに俺に興味を持ってくれたね」

「もう、茶化さないでください」

彼は楽しそうに笑って、今の仕事に就《つ》いた経緯を話してくれた。

「切っかけは祖父が亡くなったことだね。俺は祖父《じい》ちゃん子だったからさ」

お祖父《じい》様が遺した会社をお祖母《ばあ》様が引き継いで取り仕切ることになって、好きなことはやり切ったから、案外すっきりした気持ちでモデルを辞め会社を手伝う決意をしたんだと、昇さんは言う。

「多分、生きてるうちに祖父に恩返しとか、親孝行じゃないけどさ、そういうのが出来なかった後悔があったんだ」

「でも海外で活躍されていたのは、お祖父《じい》様にとっても誇らしいことだったと思いますよ」

「うん。それはもちろん、応援してくれてたからね」

それからお祖母《ばあ》様とお父様の下《もと》で、経営のノウハウを学び、足かけ四年で今の地位に就《つ》いたと聞いて驚いた。

異業種から飛び込んできて、そんな短期間でグループの執行役員だけでなく、会社を一つ任されるなんてことがあるんだろうか。

「昇さん、やっぱり凄い人ですね」

「凄くはないよ。今も必死に勉強して、なんとか食らい付いてるだけだから」

「そういうところも、ストイックなのにそう見せないのがカッコいいです」

「沙矢にそこまで褒められると照れるね」

「純粋に尊敬します。本当ですよ」

「そっか。ありがとう」

はにかんで頬っぺたを掻く昇さんが可愛くて、心臓がギュッと痛くなる。

色々と問題を抱えてることを忘れそうなくらい、幸せでどうして良いか分からなくなってしまう。

そんなタイミングで腰に手を回されて抱き寄せられた。昇さんが私の顔を覗き込んで不安そうに眉根を寄せる。

「少しは気分転換になったかな」

「はい！　連れ出してくれてありがとうございます」

出来る限り思いが伝わるように笑みを浮かべると、昇さんも破顔した。それに見惚《みと》れてる間に、不意をついて唇を奪われた。

「んっ」

思ったよりも深い口付けに、甘ったるい息が鼻から抜けて、こんな場所で周りにいる人たちに見られてしまうのが恥ずかしく、咄嗟《とっさ》に昇さんの胸元を押して距離を取る。

「沙矢」

それなのにすぐに抱き締められてしまった。限界まで達した羞恥心《しゅうちしん》から、押しのけたばかりの胸元に熱くなった顔を埋めながら、力の入らない手を握り締めて抗議するように叩く。

「どうしたの。恥ずかしいの」

「もう、こんなところで」

「じゃあ、こんなところじゃなければ良い？」

「そういう言い方は意地悪です」

「ごめん。沙矢があんまりにも可愛いから、どうしてもその口から言わせたくなって」

「昇さん、他の人にはそんな意地悪しないのに」

「あれ、それはヤキモチかな」

「違います！」

咄嗟《とっさ》に顔を上げると、とろんと蕩《とろ》けたような、どうしようもなく甘くて色気が溢《あふ》れた顔と目が合った。

「もっとキスしたい」

「や、あの」

「うん。だから車に戻ろうか」

これはもう反則だ。

考えなきゃいけないことは山ほどあるのに、こんな艶っぽい表情と甘い声でそんなこと言われたら、昇さんのことしか考えられなくなってしまう。

私たちは無言のまま手を繋いで海浜公園を歩き、駐車場に停めていた車に乗り込むと、箍《たが》が外れたようにキスを貪《むさぼ》った。

◇◇◇

帰宅して玄関に入るなり、沙矢を抱き締めてキスで塞いだ唇に舌を挿し込むと、舌を絡めてキスを深くしていく。

息をするのも忘れるくらい、沙矢が俺を求めてくれることが嬉しくて、靴を脱ぐのももどかしく、ぴちゃぴちゃと水音をさせながら、蹴るようにして靴を脱ぐ。

そしてキスをしたまま廊下を抜けて寝室に移動すると、ベッドの前で立ったまま沙矢を掻き抱いて、甘いキスを貪《むさぼ》ってから、性急すぎる自分をようやく抑える。

「電気、つけても良い？　真っ暗で沙矢がよく見えないから」

「あんまり明るすぎるのは、その」

「分かった」

可愛すぎる反応に理性が飛びそうになるのをなんとか堪《こら》え、沙矢の頭をポンポンと撫でて、間接照明のスイッチを入れてから、サイドボードのキャンドルに火をつけた。

「明るすぎるかな」

「これくらいなら、大丈夫です」

「そう。じゃあおいで」

腕の中に再び沙矢を閉じ込めると、キスをしたままベッドの上でもつれ合う。服を剥《は》ぎ取りながらキスをする度《たび》に、ピンと張られていたシーツに波紋のような皺《しわ》が出来ていく。

「……綺麗だよ。とても綺麗だ」

淡い光の中、白く浮かび上がる肌は滑《なめ》らかで、指を這わせつつ自然とそんな言葉が漏《も》れる。

そしてまつ毛が触れるほど近くで、キスの合間に教え込むように愛してると囁くと、恥じらいながらも小さく頷く沙矢の可愛らしさに、心臓がギュッと苦しくなる。

沙矢の全てが見たくなって、壁際にある足元から天井に向かって照らす間接照明と、僅《わず》かな気配にすら揺らぐキャンドルの炎、そんな淡い光に晒《さら》された沙矢をゆっくりと見下ろして肌を撫でる。

俺の指先が脇腹を撫でると、沙矢は突然体を硬くして顔を逸らした。

「ごめんなさい、私……」

僅《わず》かに身を震わせる沙矢の異変は、やはり俺の気のせいではないらしい。

「大丈夫だよ」

行き場を失ってシーツを掴んでいる沙矢の手を拾い上げ、指を絡めながら口元に引き寄せて、冷たくなった指先にそっとキスをする。

「緊張してるのかな」

沙矢の手を握ったまま、指の背で沙矢の頬を優しく撫でる。

沙矢はきっと、これまで愛なんてものが、この世にあるとは思ってなかっただろうし、彼女の生い立ちを考えればそう思うのも仕方ないだろ。

だけどこの震えは恐怖や怯えとは違う、後悔が滲《にじ》んでいる気がした。

「震えは治まったみたいだね」

俺の腕の中は安心するのか、沙矢は静かに深呼吸をして落ち着きを取り戻すと、泣きそうな顔でごめんなさいと呟いた。

「どうして謝るの」

「私、私は……」

「怖いのなら、ただ抱き締めて眠ろうか」

沙矢が俺のキスを受け入れてくれたから、やっと思いが通じたのかと嬉しくて気が急《せ》いた。

「そうじゃないんです。ただ、私は貴方が思ってるような女じゃないから」

「君が感じることを、そうじゃないなんて軽々しく否定は出来ないけど、君がそう感じて辛いなら、俺は君に少しでも好きになってもらえたってことかな」

沙矢の気持ちを和《やわ》らげたくて、俺は冗談みたいに答えて笑顔を作る。

「それは」

「俺は君が君だから好きなんだよ」

あの見合いに現れたのが沙矢じゃなかったら、徹平の結婚式の二次会で再会しなければ、社員だと気付かなければ。この手の中に沙矢はいなかったかもしれない。

そんな思いをぶつけたのに、沙矢は苦しそうな顔をして俺を見つめる。

何が沙矢を苦しめてるんだろうか。

「あの、私……」

「ん？」

「私、貴方が初めてじゃ」

「俺のベッドで、その話するの」

そんなこと聞きたくなくて、咄嗟《とっさ》に口を開いて沙矢の言葉を遮《さえぎ》る。

「ごめんなさ……」

「違うよ。これただのヤキモチだから」

咄嗟《とっさ》に謝ろうとする沙矢の声に被せるように白状する。

「え」

「俺は嫉妬《しっと》でおかしくなるくらい、君のことが大好きなんだよ」

見つめ合う瞳の奥、沙矢の心の奥底に語りかけるように静かに呟くと、ゆっくりと唇を重ねて、愛してると伝えるように深いキスをする。

「好きだよ、沙矢」

ただ彼女の名前を呼ぶだけで、どうしてこんなにも胸の奥が締めつけられて、狂おしいほど愛しいと思えるんだろうか。

「沙矢」

まるで生まれて初めてキスするみたいに、ドクンドクンと心臓の音がやかましく鳴って、沙矢の唇に触れるだけで体中の血が沸騰する。

「好き……です、貴方が好きです」

「うん。俺も沙矢が好きだよ」

キスを唇から離して首筋に移し、甘く喘《あえ》いで顎《あご》を少し上げた沙矢の喉元に吸い付くと、濡れた唇と舌先で細く折れてしまいそうな鎖骨を舐《ねぶ》る。

「んっ」

あまりに可愛すぎて胸元に赤い痕を残すと、そのまま乳房を掴んで揉みしだき、逸《はや》って尖《とが》る乳首に吸い付いた。

「やぁんっ」

口に含んで舌先で舐《ねぶ》ると、尖端《せんたん》を擦る度《たび》に沙矢が甘い息を吐く。

正直に言えば、直前にあんなことを聞かされて、他の男の影がチラつかない訳じゃない。

分かっている、今この時は俺の腕の中でこんなにも愛らしく身を委《ゆだ》ねている。沙矢が見ているのは他の誰でもない俺なんだって。

それでも大人気なく燃え上がる嫉妬《しっと》が劣情を刺激して、羞恥《しゅうち》に身悶《もだ》える沙矢を攻め立てる。

「柔らかいのに、ここだけ硬くて尖《とが》ってる」

白い肌の先で濃い桃色に染まった乳首を食《は》み、唇と舌先で押し潰すように舐《ねぶ》る。

「やだ、昇さんっ」

乳房にしゃぶりついて、もう片方を手のひらに収めて指を埋めると、ふにゅりと乳房が形を変えて肌に吸い付く。

気持ち良さを恥じらう沙矢の姿はあまりにも扇情的で、胸元に顔を埋めながらも、上目遣いに彼女の表情を窺《うかが》い見てしまう。

「脚が不自然に動いてるけど、どうしたの。胸弄《いじ》られるの好き？」

「そんなの聞かないでっ、アァッ」

「可愛い声出すね」

沙矢の膝を割って体を滑り込ませると、口に含んで湿らせた指をショーツの中に忍ばせ、うぶ毛のような柔らかい下生えの下の花弁を開き、埋もれていた蕾《つぼみ》を暴く。

「やぁっ」

「ぷっくり膨らんで尖《とが》ってるね。それに、こっちはもう随分濡れてる」

「わざわざ言わないでくださいっ」

「どうして？　俺のキスや手が気持ち良いって感じてくれてる証拠じゃないか」

蕾《つぼみ》をキュッと摘《つま》んで沙矢の可愛い反応を見ながら、蜜を纏わせた指でくるりと円を描くように刺激すると、脳髄まで焦《こ》がすような蒸れた匂いと共に、とろりと蜜が溢《あふ》れ出す。

「随分と感じやすいのかな」

「知らない。聞かないでください」

花弁を暴いて蜜口を指でなぞると、とろりと溢《あふ》れ出た蜜がくちゅりと泡立つ音を立てる。

沙矢の羞恥《しゅうち》を煽《あお》りながら指先を動かして、ゆっくりと体勢を変えて足元に顔を埋める。恥じらう膝を更に割って、白い内腿に紅い痕を刻むほど強く吸い付いた。

「やぁあっ、アッ、そんなところ、汚いですから」

「汚くなんかない。凄く綺麗だよ」

蜜口に唇を寄せると、じゅるっと音を立てて蜜を啜《すす》り、硬くした舌先で蕾《つぼみ》を舐《ねぶ》ると沙矢が嬌声を上げる。

そのまま濡れた蕾《つぼみ》を親指で捏《こ》ねると、蜜壺に舌を埋め、浅瀬の肉襞《にくひだ》を擦りつつ隘路《あいろ》を解《ほぐ》す。

じゅぶ、ぶちゅっと厭《いや》らしい水音が響く度《たび》に、沙矢は切ない顔をしながら甘い息を吐き出して、助けを求めるように俺の名前を呼ぶ。

その掠《かす》れた声は酷く淫靡《いんび》で、視覚と聴覚から押し寄せる強烈な刺激に、下半身に一気に熱が集まる。

「昇さぁんっ、や、ダメぇ」

「イッて良いよ」

蜜壺から引き抜いた舌先で蕾《つぼみ》を根元から舐《ねぶ》り、唇で甘噛みして捉えた。ちろちろと舌先で、張り詰めて膨れ上がった蕾《つぼみ》を執拗《しつよう》に攻め立てる。

「アァッ、アッ、ダメェ……なっ、やだ、アァアアッ」

ビクンと沙矢の腰が跳ねて、痙攣《けいれん》のようにそのまま腰を震わせる様はあまりにも官能的で、紅潮した頬と無防備に開いた唇を見ると、ぞくりと体が劣情で震える。

「まだヒクヒクしてる。気持ち良かったみたいだね」

喉の奥を鳴らし、体を起こしてヘッドボードからパッケージを引っ掴むように手に取ると、性急に避妊具を取り付けた屹立《きつりつ》を片手で握った。

「奥に、挿《い》れても良いかな」

「大丈夫、だと思います。でもジンジンしてて、なんか変な感じで」

「もしかして、初めてイッたの？」

「ごめんなさい」

「いや、謝ることじゃないから。え。でもその……初めてじゃないんだよね」

「ごめんなさい、私」

「いや、責めてる訳じゃないから謝らないで。そっか、初めてイッたんだ。ああ、どうしよう。ヤバい、可愛いな。ごめん、優しくしてあげられないかも」

咄嗟《とっさ》に腕で破顔しただらしない顔を隠して、咳払いをしてから小さく息を吐いた。

「声我慢しないでね」

「あの、アッ」

くちゅっと水音をさせて、蕩《とろ》け出した蜜口にひんやりとした硬い尖端《せんたん》を擦り付けると、いまだ絶頂の余韻《よいん》でヒクつく隘路《あいろ》に、ずぶりと熱《いき》り立った屹立《きつりつ》を一気に沈める。

「ヤバい。奥までとろとろ」

「ぁあっ」

ぎちぎちの隘路《あいろ》をこじ開けるように、濡れそぼった肉襞《にくひだ》を擦り、僅《わず》かに膨らんだ沙矢の下腹部をなぞると、緩やかに抽送を始める。

「ああ、沙矢の膣内《ナカ》、凄いうねって絡み付いてくる」

「アァッ、昇さんっ、アンッ」

華奢《きゃしゃ》な体の内臓を押し上げるように、とめどなく溢《あふ》れ出す蜜を纏って最奥まで屹立《きつりつ》を突き上げると、律動に合わせて沙矢が甘い声を漏《も》らす。

「分かる？　奥に当たるとキュンって締まるの。めちゃくちゃ可愛い」

「そんなの……アンッ、アッ、いやっ、言わないで」

奥を穿《うが》つ律動に合わせて喘《あえ》ぎ声を上げる沙矢は、あまりにも俺の劣情を掻き立てる。

揺れる乳房を弄びながら、可愛らしい声を漏《も》らす唇を塞ぐと、沙矢は縋《すが》り付くように俺の首に腕を回して、必死にキスに応《こた》えてくれる。

「んふっ、んっ」

「奥突かれると声出ちゃうの可愛すぎるでしょ。そんなに気持ち良い？」

「やぁあっ、そんなの、分かんないっ、です」

空気が混ざった泡立つ音がどんどん濁って、パンパンと乾いた腰を穿《うが》つ音が響き、沙矢が眉間に皺《しわ》を寄せながら律動に合わせて喘《あえ》ぐ。

俺の首に必死でしがみついて、喘《あえ》ぎを堪《こら》えて漏《も》らす甘ったるい息が耳にかかる。その度《たび》に淫欲は膨れ上がり、打ち込む屹立《きつりつ》は質量を増し、一層硬くなった楔《くさび》で小刻みな律動で最奥を穿《うが》つ。

「ぃひっ、あっ、奥に、あ、あぁ、奥に、当たって……」

「ね。奥でも気持ち良くなろっか」

ごくりと喉を鳴らし、言葉通り腰を打ち付けて硬く張り詰めた剛直で奥を擦った。グリグリと押し付けると、さっきとは比べ物にならないくらい沙矢の膣内《ナカ》がうねる。

「いやっ、なんか怖い、なんか、変。ヤダぁ、やめて」

「怖がらなくて大丈夫だよ、俺は沙矢を傷付けないよ」

すぐにキスをして恐怖を拭《ぬぐ》い取ると、奥を擦るのをやめて再び緩やかな抽送を始める。沙矢と繋がった場所から蜜を掬《すく》い上げた指で蕾《つぼみ》を擦った。

「アウッ」

「こっちでまた気持ち良くしてあげるね」

肉襞《にくひだ》を擦り上げる律動とは違うリズムで、弾くように蕾《つぼみ》を攻め立てると、今までにない甲高くて甘ったるい声が聴覚から淫靡《いんび》に俺を追い立てる。

そして濡れた指でぐにゅっと押し潰すように何度も蕾《つぼみ》を捏《こ》ねると、沙矢は大きく体を震わせてから、一瞬にして弾けるようにビクンと腰を揺らす。

「ああ、凄い絡み付いてくる」

「ぉふっ、中が、あぁあっ、だめ、そんなに掻き混ぜないで」

「ふふ、それは難しいかな」

「あっ、あぁあ、あんっ」

「ダメだ、そろそろ出すよ」

「んん」

抽送を速めると、果てたばかりでヒクつく奥を擦り上げる。喘《あえ》ぎ声を上げる沙矢の声をキスで呑み込んで、浅瀬に引き抜いた屹立《きつりつ》で再び奥を穿《うが》ち、植え付けるように最奥に熱を吐き出した。

「んっ」

吐精で小さく呻《うめ》く俺を見つめる恍惚《こうこつ》とした沙矢の顔は、美しいのに厭《いや》らしくて強烈に官能的で、その顔を見ただけで、果てたばかりの熱が再び昂《たかぶ》るのに時間は必要なかった。

◆◆◆

昇さんと体を重ねた夜から、気恥ずかしさは残るものの、彼が愛してくれるなら、人を愛して愛されることの意味を、もっと真剣に考えてみようという心境の変化が生まれた。

そして二日経った日の深夜、事件は起こった。

私の自宅のドアを壊そうとしたらしい不審人物が騒いでいると、住民から通報があり、義母とその交際相手を含む複数人の男が捕まった。

義母は義娘《わたし》に会いに来ただけだと言い張ったらしいけど、もちろんそれは言い逃れるための嘘だ。

集合ポストには何通も脅迫めいた手紙が入っていて、ロープや包丁、スタンガンや違法所持の拳銃などが、男たちの所持品から見つかったと聞かされて血の気が引いた。

当然私の精神的疲労は大きく、食事どころか水すらも飲んでは吐き出すような状態が続き、昇さんが手配してくれて、すぐに入院することになった。

動く気力が湧かず、食事は流動食をスプーンひと口分飲み込めればいい方で、看護師さんに無理やり食べさせられてはベッドと服を汚した。

「ごめんなさい、ごめんなさい、ごめんなさい」

その度《たび》に壊れたように謝って、心がどんどん磨耗していく。

そんな風に過ごしていると、幼い頃に父親と義母に酷く扱われた光景が嫌でも蘇《よみがえ》ってくる。

残飯を床にばら撒かれて、這いつくばって直接食べさせられたこともあった。

ぼんやりと思い出すのは、辛い過去のことばかりだ。

そんな中、昇さんは忙しい合間を縫って毎日私の顔を見にやって来た。

「病気の演技の幅が広がるとか思ってそうだな」

ニヤッと笑う昇さんが私の頬を撫でる。

笑い返す気力はないけど、頑張れとか早く良くなれとかよりも、そんな軽口を叩いてくれる優しさが嬉しかった。

入院してから曜日や日にちの感覚どころか、時間の感覚すら朧《おぼろ》げな私の元に、いつの間にか知らない女性がお見舞いにやって来るようになった。

「こんなにやつれてしまって」

ふっくらと柔らかい手のひらが、無遠慮に私の頬を撫でる。

「頑張ったのね。だけど今こそ踏ん張らないとダメよ」

電動ベッドが動き、半《なか》ば無理やり体を起こされると、お願いした訳でもないのに女性は私の食事の世話をし始める。

やっぱりすぐに戻してしまう私に、切ない顔をしながら、それでも私が食べるまで介助はやめないと、彼女はスプーンを運ぶことを何度も繰り返す。

おかしなことに、その女性は毎日やって来て、私に食事を与えようとする。

「偉いわね。踏ん張るのよ」

その優しい言葉に、食事すら受け付けられない私は嗚咽《おえつ》しながらごめんなさいと彼女に縋《すが》り付く。

（偉くなんかない。全然ダメなのに、どうして。どうしてこの人は、私なんかに構うんだろう）

戻してしまう度《たび》、壊れたように謝るしか出来ない私を、服が汚れるのも厭《いと》わずに、頑張って偉いじゃないのと優しく抱き締めた後に、ニコニコ笑ってまた食べさせる。

それはどうしようもなく惨《みじ》めだけど、どうしてか胸の奥がカッと熱くなって、私の心を激しく揺さぶった。

毎日毎日やって来て鬱陶《うっとう》しいくらい私に構う女性のことを、お母さんが生きていてくれたらこんな風に、少し怒りながら励まして、そばにいてくれたんじゃないかと、そんなことを思う。

お節介というものは、決して気分の悪いものでもないことを、今この時に身を以て知った。

それから数日後、女性のおかげで流動食を完食出来るようになると、固形の交ざった食事を食べるようになり、徐々に固形が大きくなっていった。

もちろん吐き戻しはまだあったけど、粗相《そそう》をしても根気良く、だけど厳しく私に食べさせようとする女性のおかげでご飯が喉を通るようになった。

「おかあさん、もう自分で食べられるから」

「ダメよ。見てないとサボるでしょう」

「そんなことしないよ」

いつだったか彼女が帰る後ろ姿が母と重なって、不意におかあさんと呼びかけたことがあった。

気を悪くさせただろうと謝ったのに、女性はこれからはそう呼ぶようにと嬉しそうに私に言った。

そのうち退院が決まると、こんな風に会えなくなることが寂しくて泣く私を、おかあさんは何も言わずに黙って抱き締めてくれた。

そして退院の日を迎えた。それでも体重は八キロ落ち、運動不足もあって体力をつけるという課題が出来た。

「結局あの女性は誰だったのかな」

「沙矢はその人が、香川さんがよこした役者だったとしたら、やっぱりショックか？」

「ううん。あったかい気持ちを貰ったから大丈夫です」

「そうか」

昇さんと運動がてら散歩をすると、すっかり景色が変わって、公園の並木道には桜が咲き始めている。

「沙矢」

桜に見入っていると、不意に昇さんに呼び止められてどうしたのかと振り返る。

「どうしたんですか」

「俺の気持ちはずっと変わらない。その心を開いてくれるまで何度でも愛してるって言い続ける」

「昇さん……」

「俺と結婚してくれないか」

強く吹いた風に舞い散る桜吹雪が、スローモーションみたいに幻想的な世界を作る。

「私で、良いんですか」

「俺は相当に欲張りだ」

「ん？」

「未愛もマキも、凛菜も沙苗も、千尋も菜々子も、乃梨花だって、俺は誰も失いたくない」

今までずっと昇さんとデートしてきた彼女たち。その一人一人を思い描いて苦笑する。

「気の置けない後輩も、誰にも譲るつもりはないんだ」

「そういえば、彼女もいましたね」

思い出して笑う私に、昇さんは愛してると言ってキスをする。

「沙矢を独り占めしたい」

「一夫多妻みたいになりますけど、それが狙いですか」

「本当は君さえいればいい」

「嬉しいです。私にも独り占めさせてください」

答えてから背伸びして頬にキスすると、少しだけ驚いた昇さんが次の瞬間にはにっこり笑って、私の首にネックレスをつけてくれた。

「指輪は体調が戻ったら一緒に選びに行こうな」

◆◆◆

退院後に始めた体力作りは、私一人での外出はまだ心配だからと、昇さんが買い揃えた器具を使って家の中でのトレーニンがメイン。加えて休日には二人で少し遠くまで散歩をしている。

最初のうちはどうしても、すぐに息切れして昇さんを心配させてしまったけれど、動けばしっかりお腹も空《す》くようになって、食事が取れれば運動出来る体力も湧いてくる。

「食べる量は、普段通りに戻ってきたね」

「食べすぎてる気もするんですけど」

「それは俺の作る料理が美味しすぎるってことかな」

「そうとも言います」

ニッと笑って答えると、昇さんも同じように笑ってから私の頭をひと撫でして、空《あ》いたグラスに炭酸水を注いでくれる。

今日は凄く天気が良いから遠出しようと誘われて、ドライブして海に来た。久しぶりに昇さんのクルーザーで、彼が所有する小島に停泊して夕陽を眺めながら食事を楽しんでいる。

頬を撫でる潮風がこんなにも心地良いのは、心の傷が少しずつでも癒えてきた証拠なのだろうか。

風に流される髪を耳にかけ直すと、昇さんが私を見つめて感慨深げに呟いた。

「今思えば、俺は沙矢に運命的な縁を感じていたのかもしれないね」

「どうしたんですか、急に」

「いや。我ながら突飛なことを思い付いた上、沙矢にそれを依頼しようとした日のことを思い出してね」

「そうでしたね。仕事帰りにどこへ連れていかれるのかと思えば、このクルーザーで後輩を演じましたね」

「あの子は割と、沙矢の本質に近い気がするんだよね」

「そうですか？」

「そうだよ。好奇心旺盛《おうせい》で、ちょっと茶目っ気があって、そのクセ大胆で結構マイペース」

「なんですかそれ、悪口みたい」

「あはは、違うよ。そこが沙矢らしくて好きなんだよ」

無邪気な笑顔で髪を掻き上げる昇さんは、夕陽のせいかキラキラしてて、人を好きになれたこと、この人だからこそ愛せる幸せを実感する。

「昇さん」

「ん？」

「私、めちゃくちゃ幸せです」

「そんなに美味しかった？」

「もう！　でもそうやって私を揶揄《からか》って、子どもみたいに楽しそうに笑う顔も大好きですよ」

「なんだ。怒った顔も可愛いからもっと見ていたかったのに、残念」

「怒らせたいんですか」

「どっちかというと、啼《な》かせたいかな」

「泣かせ……あ、え？」

「風が出てきたね、中に入ろうか」

急に艶っぽい笑みを浮かべると、食べ終わった食器をあっという間にトレイに載せ、もう片手で私の手を引いて開放的なフライブリッジから下の階に下りる。

そしてキッチンにトレイを置くと、油断してた私にキスをしてきた。当たり前みたいに抱き上げられて、階下のキャビンフロアのベッドまで運ばれた。

「沙矢、愛してるよ」

甘くて蕩《とろ》けるような眼差しに、私もですと答えようとした唇はすぐにキスで塞がれ、何度か甘噛みするように下唇を啄《ついば》まれると、しっとりした舌が歯列を割って入り込んでくる。

「んんっ」

キスをしたままベッドに押し倒されると、やわやわとブラウスの上から胸を揉まれて、甘ったるい息が漏《も》れた。

「胸、気持ち良いの？」

「……はい」

「じゃあもっと、丁寧に触らないとね」

「ンッ」

甘く低い声で耳元に囁き、不埒《ふらち》な舌がそのまま耳孔を舐める。

くちゅんと厭《いや》らしい水音が鼓膜を刺激して、堪《たま》らず昇さんにしがみつくと、クッと喉を鳴らす音が返事の代わりに聞こえてくる。

「昇さん、ダメ。ンッ」

「どうして。変になっちゃうから？」

この時ばかりは、私の反応を見て揶揄《からか》うような笑顔が憎らしくて頬をつねると、お詫びの代わりなのか蕩《とろ》けるようなキスで私の唇を奪う。

そして慣れた手付きで首元のボタンを外され、裾から大きな手が入り込んできて、器用にブラウスを脱がされて肌がジリジリと熱くなっていく。

無防備に晒された肌を滑る指でブラのホックが外され、支えを失った乳房がふるんと外側にこぼれた。昇さんの指が柔く尖《とが》り始めた乳首を容赦なく暴き出す。

「ンァッ」

「可愛いね、沙矢」

肩紐をずらしてブラが完全に取り払われ、大きな手のひらが寄せ上げるように乳房を掴み、紅く熟《う》れた乳首を食べるように口に含む。

「アァッ、ンッ」

甘噛みしながら吸い上げられて、舌先で押し潰すように乳首を押し込まれると、ピリピリした甘い痺《しび》れが体を駆け巡ってお腹の奥が疼《うず》く。

「物欲しそうに見つめて、どうしたの」

わざとらしく口角を上げる昇さんと目が合って、モゾモゾと足を合わせると、焦《じ》らして乳輪をなぞるように指先が円を描いた。

「あぁん」

もどかしいのに、体はこの快楽や甘い痺《しび》れを覚えていて、焦《じ》らされるほどに奥が疼《うず》いて蜜が溢《あふ》れ出してくる。

「違うところも、触って欲しいのかな」

「意地悪ですよ」

「恥ずかしがってるの、めちゃくちゃ可愛いからさ」

チュッとキスされると、昇さんの指が乱れたフレアスカートのジッパーを下ろす。まだ慣れなくて恥ずかしがる私を揶揄《からか》うように微笑んで、ショーツごとスカートが引き抜かれた。

「昇さんは脱がないんですか」

「沙矢が脱がせてくれるんじゃないの」

挑発的な視線を向けられ、それに乗るように昇さんの胸ぐらを掴み、悔しくて自分からキスをして舌を搦《から》め捕る。

「んっ」

どちらの息遣いなのか、静かなキャビンに似つかわしくない淫靡《いんび》な音を響かせながら、昇さんのシャツのボタンをゆっくりと外していく。

前がはだけて逞《たくま》しい胸板が露《あら》わになると、溺れるようにキスしながら彼の肌に直接触れる。

そのまま緩やかに肌をなぞって腰元まで手をずらし、ボトムの上から硬くなった屹立《きつりつ》を撫で、この熱い淫刀で奥を貫かれたいと想像しただけで狭間が更に潤んだ。

「焦《じ》らしてる？」

「昇さんばっかり、ズルいですから」

「そうかな。ここは早くって言っているみたいだけど」

「ひゃっ」

いつの間にか伸ばされた手が下生えをくすぐって、その奥で潤んだ蜜壺の浅瀬を掻き回す。

「たっぷり濡れてる。何か想像したの？」

「もうっ。そういうの言わせるの禁止です」

「そっか、想像したんだね」

「あぁ……アッ」

蜜を纏った指が徐々に奥へ伸びて、隘路《あいろ》を掻き混ぜられる度《たび》にぐちゅぐちゅと泡立つ。

「吸い付いてくる。指だけなのにこんなに締め付けて」

「アンッ、あ……いやぁあ」

「沙矢」

「アァッ……ふぅぅ…うっ、アッ」

浅瀬の弱いところを擦られて、私を呼ぶ顔を見つめながら、やめて欲しいのに激しくして欲しくて、奥を締め付けて腕にしがみつく。

「そんなに腰揺らして。厭《いや》らしいね」

「アァッ、アッ……昇さん、や、ダメッ、そこダメ」

「沙矢のイクとこ見せて」

耳元に顔を寄せて低い声で囁かれた。その甘さや優しさとは裏腹に、蜜壺を掻き混ぜる指は激しく動き、膨らんだ蕾《つぼみ》を親指で捏《こ》ねられ翻弄《ほんろう》される。

「ぃやっ、そこグリグリしないで」

「どうして？　そんなに気持ち良いのかな」

コリコリと蕾《つぼみ》を捏《こ》ねられながら、奥の肉襞《にくひだ》を擦り上げる指。思わず拒絶のように昇さんの手を掴む。

「ダメッ……はぅ、う、うぅ」

「だいぶ尖《とが》って膨らんできたね。指だと痛いかな」

そう言って身を屈《かが》めた昇さんは、私の足の狭間に顔を埋め、内腿にキスをしながら徐々に付け根へと唇を移動させる。そして引き抜いた指に纏わりつく蜜を舐め取って妖しく笑った。

「沙矢はどこも甘いね」

「そんなわけないで……アァアッ、ハンッ、ンン」

答え切る前に、ぬるっとした熱い舌がしとどに溢《あふ》れる蜜を舐《ねぶ》る。蜜口に唇が押し当てられて、じゅるじゅると音を立てながら、濡れた花弁ごと啜《すす》り上げられる。

汚いからとか、恥ずかしいからって言いたいのに、浅瀬に舌が潜《もぐ》り込むと、言い知れないゾクゾクした快感に、思わずシーツを掴んで腰を浮かせてしまう。

「ここ弄《いじ》られると気持ち良さそうだよね」

「言わ……ないでっ、はぁんっ、や、ダメ」

蜜壺の浅瀬をざらりとした熱い舌が動き回り、時折それが引き抜かれては、ぬらついた蕾《つぼみ》を舐《ねぶ》られ甘噛みされて、堪《たま》らず悲鳴みたいな嬌声《きょうせい》を漏《も》らす。

「ビクビクしてきた。イッて良いんだよ、沙矢」

その先の刺激を体が思い出したように、甘くて強烈な痺《しび》れが駆け巡って鳥肌が立つ。

そして腫れ上がった蕾《つぼみ》に唇を寄せると、容赦なく舌で私を攻め立てて、じゅるじゅる蜜を啜《すす》るその刺激で絶頂へと押し上げられる。

「はっ……ああっ、アァアアッ」

派手な喘《あえ》ぎ声を上げながらビクッと体を揺らすと、蜜壺の奥からどろりと溢《あふ》れ出した蜜を更に啜《すす》られて、痙攣《けいれん》したように体が跳ねた。

「イッた顔、本当に可愛い」

「はぁ、はぁ。昇さん、もう……欲しい、です」

快楽に震える腕を伸ばして、私に覆《おお》い被さる昇さんのズボンに手をかけると、窮屈そうな屹立《きつりつ》を解放するようにジッパーを下ろし、ボクサーパンツの上から揉みしだく。

「随分と積極的だね」

「ダメ……ですか？　早く、ください」

妖しく笑う昇さんに抱きついてキスをせがむと、分かったと答えた彼がキスをしながら枕元に手を伸ばした気配があった。

「とびっくり気持ち良くなろうか」

昇さんはもどかしそうにパッケージを噛んで破り、キスしつつ器用に避妊具を着けた屹立《きつりつ》を、蜜口に何度か擦り付けてから一気に奥を穿《うが》った。

「アアァッ」

隘路《あいろ》をこじ開けた硬くて熱い楔《くさび》が、浅瀬と奥を何度も行き来して肉襞《にくひだ》を擦り、律動する度《たび》に喘《あえ》ぎ声が漏《も》れ、恍惚《こうこつ》とした表情で私を見下ろす昇さんの腕にしがみつく。

「沙矢の膣内《ナカ》、凄く気持ち良い。とろとろだ」

「いやぁあ……アッ、アッ、アン。気持ち、イイ」

角度を変えて下から突き上げるように抽送されると、快楽には抗《あらが》えずに自ら腰を揺らす。

「情熱的だね。そんなにイイ？」

「気持ち、良いです。アッ、やぁあ……アンッ」

「あんまり可愛い反応しないでよ」

昇さんは困ったように笑うと、より私を腕の中に閉じ込めて、一気に抽送の速さを上げていく。

充分に潤った蜜壺は、ぐちゅっ、ぶちゅっと卑猥《ひわい》な水音を立てながら屹立《きつりつ》を呑み込み、浅瀬まで引き抜かれる度《たび》に、それを惜しむように隘路《あいろ》を締め付けた。

「凄い締めるね」

「気持ち、良くて……アァアッ」

「ならもっとしてあげる」

不意に抱き上げられて真正面から向かい合って座る姿勢になると、下から一気に最奥まで穿《うが》たれ、奥を攻め立てられズンズン突き上げられる。

「アァッ、アン、これ、深いっ」

「奥突かれるの好き？」

「分かんないけど、気持ち良いです。アァッ……ダメ」

　必死にしがみつき、昇さんの首筋に噛み付くみたいなキスをして喘《あえ》ぎ声を誤魔化す。その間も腰をホールドされて彼の思うままに腰を揺らされ、ピストン運動が激しさを増していく。

「沙矢」

「ンッ、昇さん」

「ああ、沙矢。愛してるよ」

「アァアッ、アッ……ふぅぅう、んっ」

「沙矢の奥に出させて」

　激しい動きとは裏腹に優しい声で囁かれると、お腹の奥がキュンとして、じわっと蕩《とろ》けたように熱くなる。

　そして何度か激しく突き上げられて、律動に合わせて堪《こら》え切れない嬌声《きょうせい》を漏《も》らすと、一気に速くなった抽送の果てに、最奥を穿《うが》った楔《くさび》が皮膜越しに熱を吐き出した。

「んっ」

　昇さんの端整な顔が少しだけ歪《ゆが》む。吐精してる最中の苦悶《くもん》にも似た表情はこの上なく淫靡《いんび》で、ビクビクと最奥で脈打つ楔《くさび》が私と彼を繋いでいると思うと、独占欲が満たされて昂揚し、身震いする。

「沙矢？」

「お腹の奥で、ビクビク動いてるの可愛いです」

「可愛いって……まだそんなこと言える余裕あるんだ」

「え？」

「誰も一度で終わりなんて言ってないからね」

隘路《あいろ》から引き抜かれた楔《くさび》と一緒に、どろりとした蜜が溢《あふ》れ出ると、昇さんのしなやかで長い指がそれを掬《すく》って、熟《う》れた蕾《つぼみ》を捏《こ》ねる。

「やぁんっ」

「さっきまで俺を咥《くわ》え込んでたと思うと、めちゃくちゃ滾《たぎ》るものがあるね」

「あっ、ダメです。すぐイッちゃう」

「何度でもイッたら良いよ。堪《たま》らなく可愛くてエッチで大胆な顔見せてよ」

昇さんは口角を上げると、そのまま蜜壺に顔を寄せて指と舌で私を翻弄《ほんろう》し始める。

「いやぁあ、ア……アゥ、あぁっ」

「夜はこれからだよ、沙矢」

そう言って妖しく笑う昇さんに、その後、明け方近くまでたっぷりと可愛がられた。

◆◆◆

契約社員の立場で長く仕事を休んでしまって、そんな状況は許されないと思っていたけど、昇さんの計らいで、家族の介護を理由に休んだ扱いになっていた。

そして昇さんの勧めで私は正社員の登用試験を受け、〈シャオンス・ラ・マリエグループ〉傘下《さんか》の、引き出物などのオリジナル雑貨を取り扱う〈プラティーヌラルム〉への転籍が決まった。

新しい環境にようやく慣れ始めたゴールデンウィーク。

私は喉から心臓が飛び出しそうになるほどの緊張を堪《こら》えて、車を降りて隣に並ぶ昇さんのジャケットの裾を掴む。

「どうした沙矢」

「私、変じゃないかな。大丈夫かな」

「綺麗だよ」

今日は結婚の挨拶のために昇さんのご家族と会う。

しかもその場所は、私が昇さんとお見合いをした、シャスタホテル東京ベイ。嫌でもあの日の気まずい記憶が蘇《よみがえ》る。

「なんて顔してんの。本当に綺麗だよ」

なんでも似合うという昇さんの言葉を信じて、シンプルなAラインにギャザー飾りとリボンベルトがアクセントになった、アプリコットのワンピースを着ることにした。

ネイルは薄い桜色、アクセサリーは一切着けず、足元も品よくエクルベージュのパンプスを合わせてきた。

昇さんは自分の家族だからと、白いシャツに淡いグレーのパンツ、黒のジャケットを羽織《はお》って、足元はココアブラウンのウイングチップ。

今でもオファーが来ているという噂《うわさ》もある、元トップモデルの昇さんの場合、なんでも着こなせてしまうから、横に並ぶのに慣れたとはいえ恥ずかしいのは事実。

「沙矢」

「ん？」

「食べたいくらい可愛い」

「なっ！　今言うのやめてよ」

そんなこと言われると、せっかくのメイクの甲斐《かい》なく顔が真っ赤になってしまう。

二十二階のフロアにあるフレンチレストラン〈プロメッセ〉。

昇さんのエスコートで、フロントに名前を伝えると、そのまま個室に案内される。

「緊張してるのか」

「当たり前ですよ」

「沙矢は本当に可愛いな」

「やめてって」

個室の前で揶揄《からか》って面白がる昇さんの背中を拳でドンと叩くと、悪かったよと耳をそっと撫でてから、昇さんは失礼しますと扉を開けた。

広々とした部屋の中に、バロック様式に似せたデザインの豪奢《ごうしゃ》なダイニングテーブルが鎮座し、そこに〈シャオンス・ラ・マリエ〉の創設者の妻であり現会長、昇さんのお祖母《ばあ》様の姿がある。

そしてふと温かい視線を感じて視線を動かすと、そこに見えた姿に私は思わず声を漏《も》らした。

「……おかあ、さん」

上品な淡い色味の色留袖を着た女性が、にっこりした笑顔で少しだけ首を傾けて目配せしてくる。

「沙矢？」

昇さんが不思議そうに、俺の母だけどどうしたのかと私の顔を覗き込む。

この女性は間違いなく、入院中に世話をしてくれた人だ。だけどまずはご挨拶が先なので、大丈夫だと濁して席に着いた。

「みんな揃いましたね」

凛《りん》とした声が響き、昇さんのお祖母《ばあ》様である梶峰リツ子さんは、私を見てようやくですねと微笑む。

「昇さんのお遊びに振り回されて、一芝居打ってくださったのではないですか」

初めての会話で豪速球が飛んできて、私は答えに詰まって思わず昇さんの顔を見る。

「昇さんが考えそうなことはだいたい分かりますが、それを見事にこなす方が、まあいらっしゃるとは思っておりませんでした」

「お祖母《ばあ》様」

昇さんが制するように呼びかけると、リツ子さんは可笑しそうに口元を押さえる。

「大切な木を森の中に隠していたのでしょう？　貴方にしては面白いことを考えたものです」

この話ぶりだと、早い段階で調査なりされていたのかもしれない。

あくまでも遊んでいる噂《うわさ》を広めるのが目的だったから、その効果はあったけど、彼女たちについてよくよく調べれば、バレない訳がないんだから。

「常盤沙矢さん」

「はい」

「こんな無鉄砲で突拍子もないことを貴方に頼むような不束者《ふつつかもの》ですが、貴方は昇さんがお相手でよろしいのかしら」

言葉は不穏だけれど、楽しげに私を見つめるリツ子さんの顔はどこまでも優しい。

「不束者《ふつつかもの》は私の方です。今でも昇さんに相応《ふさわ》しいのかは分かりません」

「沙矢」

何を言うんだと驚く昇さんの手をテーブルの下でそっと握ると、ご両親とリツ子さんを見つめて改めて言葉を続ける。

「だけど誰にも彼を渡したくありません」

「まあ」

うっかり挑戦的な言葉になってしまって、慌てて違うんですと手を横に振ると、リツ子さんは可笑しそうに笑って構いませんよとまた口元を押さえる。

「そもそも、昇さんに愛する人がいるなら、その方との結婚を反対するつもりはありませんでしたから」

リツ子さんの言葉に、それは聞いてなかったとチラリと昇さんを見ると、少しバツの悪そうな顔をしている。

「ましてや縁談を断りたいからなどと、無理難題を押し付けたにもかかわらず、それに応《こた》えてくださった沙矢さんにしか、昇さんのことをお任せ出来ないということです」

そう言い切ると、リツ子さんは異論はないですねと微笑んで、私たちと向かい合う昇さんのご両親に視線を向ける。

「私たちも、もちろん異論はないよ」

昇さんとは雰囲気が違うけれど、ダンディで素敵なお義父《とう》様がにっこりと微笑む。

「お母さんも、アナタも。もう堅苦しい話はいいでしょ」

リツ子さんやお義父《とう》様の言葉を遮《さえぎ》り、お腹が空《す》いたと声を上げたのはおかあさんだ。

「沙矢ちゃん、随分と顔色が良くなったわね」

「はい」

「頑張ったわね」

「……はい。おかあさん」

思わず涙ぐむ私の様子で、昇さんはようやく理解したらしい。でも病院で私の世話をしたのがまさか自分の母親だとは思わなかったみたいで、驚きながらも喜んでいた。

◆◆◆

梅雨《つゆ》が明けてようやく一通りの業務に慣れた頃、私は久しぶりに〈オフィス・クランベリィ〉を訪れていた。

「汰一さん、その書類半分預かりますよ」

「悪いな沙矢」

昇さんとの結婚を機に、私は『人材レンタル』部門の俳優を辞めることにした。

理由は、本当の自分でいることに罪悪感を覚えることが減ってきたから。もちろん芝居は大好きだけど、もう自分を誤魔化すように他人になる必要はない。

「なあ沙矢、そろそろ梶峰さん迎えに来るんじゃないか」

汰一さんにそう言われて時計を見ると、確かにもう十五時を過ぎている。

「あ、汰一さん」

「なんだよ」

「食事の件、忘れないでね。ママたちにもちゃんと伝えてくださいね？」

昇さんのご両親が、汰一さんとママやパパ――私の養父母に挨拶がしたいと言ってくれて、来週末にご自宅に招待されている。

「分かってるよ」

「はい。じゃあ、こっちのデータ更新は全部終わりました。ボイスサンプルと写真の更新は、今度来た時に対応しますね」

「助かるよ。梶峰さんによろしくな」

「分かりました。じゃあお疲れ様です」

事務所を出てビルの近くのカフェを覗くと、ただ本を読んでるだけなのに、悔しいほど様になる昇さんの姿が見える。

そして案の定、周りにいた女性客に声をかけられて、写真を撮るのを断っている。

外からその様子を覗く私に気付いたのか、昇さんは私を見つめて破顔すると、待っててとジェスチャーして、先ほどまで話をしていた女性たちに指輪を見せつけるように席を立つ。

あれにどこまでの効果があるのか分からないけど、私の指の揃いの指輪を見ると少しだけ心が凪《な》ぐ気がした。

「沙矢。連絡ないからもう少し待つかと思ってた」

ギュッとハグされて、流れるように手を繋がれると、駐車場まで歩いて車に乗り込んだ。

私たちは五月に既に入籍を済ませている。

昇さんはそのタイミングで引越ししたがったけど、手狭になってからで良いじゃないかと私が言った。

「あの人たちと、何を話してたんですか」

「あれ、珍しいね。ヤキモチかな」

「さては、わざと彼女たちと話してましたね？」

玄関で靴を脱ぐと、私を揶揄《からか》うように笑う昇さんの頬をつねり、キスで誤魔化そうとする彼をあしらう。

「そんなことないよ。俺は愛しい君を待ってただけなんだけどな」

「こういうことを早くしたくて？」

襟を掴んで引き寄せると、キスを焦らして昇さんの反応を見る。

「そうだね。すぐにでもめちゃくちゃにしたいね」

真剣な眼差し。ふざけ合っていたはずなのに、うっとりするほど甘くて激しいキスに唇を奪われると、劣情に火がついて舌が絡む水音が大きくなった。

「だから引っ越さなくて良かったでしょう」

「こんなにイケナイ子だとは知らなかったけどね」

キスをしたままリビングに移動すると、もどかしさに抗《あらが》えず、お互いにその場で服を脱ぎ捨てて厭《いや》らしくキスを貪《むさぼ》り合う。

そしてラグの上に寝転んで、昇さんの硬く膨張して潤んだ先端の雫を舐め取り、そのままねっとりと舌を這わせる。

「んふっ」

思わず声が漏《も》れるのは、同じタイミングで蜜口に唇が触れ、襞《ひだ》を割って舌が奥に忍び込んできたからだ。

「沙矢のここは綺麗な色してるよね」

「知らないよ、あんっ」

昇さんの細くて長い指が、無遠慮に襞《ひだ》を押し広げて蜜口を暴き、剥《む》き出しになった蕾《つぼみ》にフッと息を吹きかけられて、思わず腰を揺らす。

「ぷっくりしてる。舐めていい？」

「聞かないで」

答えてから鈴口に舌を捩《ね》じ込むように尖端《せんたん》を虐《いじ》めて咥《くわ》えると、屹立《きつりつ》が大きく震えて更に硬さを増す。

口の中で浮き出た血管をなぞるように舌を這わせたところ、僅《わず》かに昇さんの腰が揺れ、お返しとばかりに溢《あふ》れた蜜を搦め捕った指が、隘路《あいろ》に挿し込まれた。

「ぁはっ、ん」

指先の動きと同時に、暴かれた蕾《つぼみ》をちろちろと舌先で舐めてから甘噛みされると、思わず声が漏《も》れて動きが止まってしまう。

「お口が止まってますよ。お嬢さん。気持ち良すぎて無理なのかな」

「意地悪！　やぁんっ」

プシッと空気が漏《も》れる音が恥ずかしい。ぐちゅぐちゅと奥を掻き回されると、押し寄せる快楽に、咥《くわ》えた口元の動きが疎《おろそ》かになる。

それでも唇に力を入れて、窄《すぼ》めた口先を緩やかに動かして屹立《きつりつ》を扱《しご》くと、昇さんの吐き出す息が切なくて甘いものに変わる。

「ねえ沙矢、もう沙矢のここに挿《い》れたい」

引き抜かれた二本の指と一緒にどろりと蜜が溢《あふ》れる。

「ん、私も昇さんが欲しい」

四《よ》つん這《ば》いのまま首だけ振り返って昇さんを見ると、フッと息を漏《も》らす音が聞こえて、私の下から抜け出るように昇さんが起き上がる。

「そのまま猫ちゃんみたいにしてて」

「え、やぁっ」

グイッと腰を持ち上げられ、背後に回った昇さんは屹立《きつりつ》に手をあてがって、くちくちと音を当ててそれを扱《しご》きながら、濡れそぼった鈴口を割れ目に擦り付けて滑らせる。

「ヒクヒクしてるのが丸見えだよ」

「やだ、そんなに見ないで」

「だってこんな明るいんだよ」

湿った蜜口に、潤んだ鈴口が擦れると、ぬちゃぬちゃと粘ついた水音が立つ。

「や、も……早く」

「早く？　どうしたいんだ」

「知ってるくせにぃ、あん、あっ」

「ふっ、自分で腰揺らして、厭《いや》らしいね沙矢」

ぶちゅっと空気を含んだ泡立つ音が響くと、浅瀬に屹立《きつりつ》が入り込む。悪戯《いたずら》に擦り上げて出入りを繰り返されて、焦《じ》らされてるのだと分かり思わず蜜口を窄《すぼ》めてしまう。

「ここも食いしん坊だな」

「だって」

「じゃあ、召し上がれ」

「あぁっ」

一気に奥まで穿《うが》たれると、すっかり馴染《なじ》まされた隘路《あいろ》が、それでもまだ引き攣《つ》れて硬く滾《たぎ》る屹立《きつりつ》を締め付ける。

ばちゅんと奥を穿《うが》つ律動が、普段は当たらない箇所をしつこく擦って、ラグマットを掻きむしるように掴んで快楽に耐える。

「奥が疼《うず》く？　きゅうきゅう締め付けてくる」

「んっ、奥の違うとこが擦れて気持ち良い」

「素直な奥さんは可愛いね」

昇さんの体が折り重なって、揺れる乳房を弄《もてあそ》ばれた。尖《とが》った乳首を指先で捏《こ》ねられ、甘ったるい喘《あえ》ぎ声が出る。

「一人でイカされたい？」

「やだ。一緒がいい」

「本当に可愛いね、沙矢」

昇さんの手が蕾《つぼみ》に伸び、熟《う》れたそこを弾かれただけで腰が大きく揺れる。

「凄い膨れてる。後でまた舐めてあげるね」

耳元で掠《かす》れた声で囁くと、律動が激しくなって、カリッと蕾《つぼみ》を乱暴に爪で引っ掻かれた。昇さんの動きに翻弄《ほんろう》されて、高みに引き上げられる。

「あはっ、あん、はっ、ん……イク、イっちゃう」

「いい子だね。一緒にイこうね」

速くなった抽送で下り切った子宮口をズンズン突かれ、ギュッと蕾《つぼみ》を摘《つま》まれると、堪《こら》えきれずに果てそうになってしまう。

「あぁあっ、あ。昇っ、イッ、イクぅ」

「んっ、沙矢、沙矢。膣内《ナカ》に出すぞ」

パンと何かが弾けるように白い閃光が走ると、大きく腰が揺れる。昇さんは小刻みな律動から激しい抽送で最奥を穿《うが》ち、僅《わず》かにくぐもった声を漏《も》らして奥に熱を放つ。

「んんっ、あぁ、沙矢。奥に出してるよ」

「ビクビクしてる。可愛い」

「可愛いって……これでも、まだ言える？」

「あぁんっ、ダメ、イってるから奥擦らないで」

「それ、煽《あお》ってるのと同じだから」

残り火がガッと燃え上がるように、敏感になった隘路《あいろ》の奥を掻き回されて、膝立ちした足が震える。

「沙矢、お風呂行こうか」

「はあ、はあ、はぁ……ん。お風呂、きゃっ」

後ろ抱きにされ、昇さんと繋がったまま開脚させられて、恥ずかしい部分が丸出しになる。

「そんな締めたら抜けて床汚れる」

「だってこんな」

「咥《くわ》えたまま我慢してね、奥さん」

にわかに硬くなり始めた楔《くさび》を呑み込んだまま、昇さんが歩く度《たび》に奥を穿《うが》たれて翻弄《ほんろう》され、その後もお風呂場で淫《みだ》らに甘い時間を過ごした。

◆◆◆

いまだ真夏日が続く十月初旬。

十九時を過ぎるとさすがに空は暗くなり、だけど外に出るとジメッとした湿度を孕《はら》む生ぬるい風が肌を撫でる。

待ち合わせ時間が当初の予定より一時間半遅れたのは、想定外のことだ。

今年の目玉として水面下で企画が進行していた、昇さんの古巣である世界的ブランド〈Fierrabras〉と〈シャォンス・ラ・マリエグループ〉がコラボした限定ウェディングラインは、発表されるや否や爆発的なヒットとなった。

ドレス部門やジュエリー部門はもちろん、引き出物を取り扱う雑貨部門、私が勤める〈プラティーヌラルム〉も大忙しで、このところ残業が続いている。

人波を掻い潜《くぐ》って改札を抜けると、急いでいるからか拭《ぬぐ》ったそばから噴き出る汗をタオルで拭《ぬぐ》って、昇さんが待つカフェへと急ぐ。

〈イパネマ〉とプレートがかけられた風情《ふぜい》がある喫茶店は、昇さんとデートしていて偶然見つけた小さな店で、隠れ家のような雰囲気が気に入っている。

カランとドアベルを鳴らして店に入ると、マスターがいらっしゃいと笑顔で昇さんの座る席を指差して教えてくれた。

「ごめんね、お待たせしました」

「急がなくて大丈夫なのに。外まだ暑いだろ」

「もう汗が凄いことになった」

「アイスコーヒーにする？」

「いや、お昼あんまり食べられなかったし、トマトジュースが飲みたいかな」

「珍しいね」

昇さんは不思議そうにしながらも、気にした様子はなくおかわりのアイスコーヒーとトマトジュースを頼んでくれる。

「〈エトワールブライズ〉も忙しいよね」

「ん？　ああ、〈Fierrabras〉の件か。確かに問い合わせが殺到してるらしい」

おかげで断り続けてきたモデルの仕事を請け負うことになってしまったと、昇さんは不服そうに呟く。

「良いじゃない。私も背中だけモデルデビュー出来ましたし」

「沙矢は俺だけの妻なのに」

「顔見えないから良いじゃない。私だって別のモデルさんと並ぶ昇さん見たくないですもん」

「そんな可愛いこと言われたら、文句言えなくなるよ」

今回のコラボでイメージキャラクターとして昇さんが起用されたけど、話は受けるが妻以外とのショットならペアでは撮らないと言い張ったことで、急遽《きゅうきょ》私まで撮影に駆り出された。

昇さんはそのカタログをしれっとテーブルに広げて、写真の中の私の背中を緩やかに指でなぞる。

「その触り方、なんか厭《いや》らしいですよ」

「この触り方好きなクセに」

「ここどこだと思ってるんですか」

二人でくだらない話題で盛り上がった後、ドリンクを運んでくれたマスターの奥様とカタログの話で更に盛り上がる。

「今日はどうする？」

「あそこはどう？　乃梨花と行った炉端焼《ろばたや》き。ほら、日本酒の種類が豊富で、昇さんがもっと飲みたがってたところ」

「ああ、あの店は確かに美味かったな。個室空《あ》いてるかな」

「週末だけど十月とはいえまだ暑いからね、大丈夫じゃないですか」

スマホを取り出して、話題に出た店を調べ始めた昇さんを見ながら、濃厚なのに後味はさっぱりしたトマトジュースをゆっくりと飲む。

「ん、予約取れた。飲んだら移動しようか」

「はい」

私たちは結婚式をまだ挙げてない。

幸いなことに、今回の〈Fierrabras〉とのコラボのおかげで、フォトウェディングは済ませることが出来た。

だけど式や披露宴となると、私たちの仕事と昇さんの立場を考えたら大規模な披露宴になるだろうし予定を立てるだけでもかなり大変な作業になるから話が進まずにいる。

マスターと奥様に挨拶を済ませて〈イパネマ〉を出ると、大通りでタクシーを拾って目的の店まで移動する。

「懐《なつ》かしいな」

「そうだね。昇さん、乃梨花とは結局一回しかデートしてないですもんね」

「まあ気まぐれで、猫みたいな奴だからな」

「確かに」

店に入って個室に案内されると、早速日本酒を頼む昇さんと対照的に私はジャスミン茶を頼む。

「なんだ沙矢、飲まないのか」

「時期外れの夏バテみたいで、食欲はあるけどお酒はやめとこうかと思って」

「そうか。具合が良くないなら家でご飯作ったのに。遠慮したのか」

「そりゃ遠慮もするよ。うちですら忙しいのに、〈エトワールブライズ〉はその比じゃないでしょ。毎日そばで見てるもの」

七月からずっと新規オープンの式場絡みの出張が多くて、夏場は昇さんは家を空《あ》けることが多かった。

先月無事にオープンを迎えて、ようやくこんな風に仕事帰りにデートを楽しめるようになったのだ。

店員さんがドリンクと、いくつか頼んだ料理を運んできてくれたところで会話は途切れ、昇さんがにっこり笑い乾杯と枡酒《ますざけ》を掲げる。

「お疲れ様」

「一週間お疲れ様でした」

ひんやりしたジャスミン茶が、冷房に慣れ始めた体に染み込んでいく。

「あぁあ、生き返る」

「タクシーから降りて店までだけでも、この時間なのにかなり暑かったからな」

キンキンに冷えた枡酒《ますざけ》を美味《おい》しそうに呷《あお》ると、ホタテのバター焼きを頬張って、昇さんが満足そうな顔をする。

「それで？　沙矢は何か悩みでもあるんじゃないのか」

プリッとした大海老の塩焼きにレモンを搾《しぼ》っていると、昇さんは隠し事はナシだろと真剣な表情をする。

「やっぱり気付かれてたか」

私はおしぼりで手を拭くと、咳払いして背筋をピンと伸ばす。

「勝手なことを言うけど、〈プラティーヌラルム〉の仕事、しばらく休んで芝居がしたいの」

「芝居？　汰一さんから打診されたのか」

「ううん。私が個人的にやってみたい役があって、どうなるか分からないけど、やるとしたら会社の方は休まざるを得ないと思うの」

私がそう言うと、昇さんは少し考える表情を見せたものの、意外にも良いんじゃないかと答えた。

「今の沙矢なら、自分をなおざりにすることもないだろうし。出来るうちに色々チャレンジしてみたら良いと思うぞ」

大海老の塩焼きにかぶりつくと、美味《おい》しいから沙矢も熱いうちに食べろと昇さんは笑う。

「賛成してくれてありがとう。私、頑張るね」

「それで？　沙矢がそんなに演じたい役は一体どんな役なんだ」

ししとうの素焼きに醤油を回しかけつつ、昇さんは興味深げに私の顔を覗き込む。

「うん。初めてなんだけど、お母さんの役なんです」

「へえ、母親か」

昇さんは意外そうに呟いてから、ジャスミン茶を見つめて何かに気付いたようにハッと顔を上げる。

だから私はバッグからあるものを取り出して、昇さんの前にそれを置いた。

「沙矢！」

「うん。だからお母さん頑張りたいの」

「もちろん応援するよ」

昇さんは母子手帳を手に取ると、身を乗り出して私にキスをする。

最初は月経不順だと思っていた。

私の場合はありがたいことにつわりがなかったし、本当にただの夏バテで調子が悪いだけだろうと、気にも留めていなかった。

だけどなんとなくお腹だけ太ってきた気がして、トイレも近くなったし、検査薬を買ってみたら陽性だったから婦人科を受診して今日に至る。

「いつから産休取るんだ」

「まだまだ先だよ。体調が安定してれば期末までは働けると思います」

「そうか。うわあ、楽しみだな」

昇さんは本当に嬉しそうに笑って日本酒を飲むと、でも、と私の顔を覗き込む。

「前は妊娠が怖いって言ってたけど、大丈夫なのか、沙矢」

私には虐待を受けた過去がある。

だから子どもを授かることに、親になることに強い恐怖があったのは事実だ。

でも今の私は愛を知っている。目の前にいる昇さんがそれを与えてくれた。だから頑張れる。

「不安がない訳じゃないよ。でも昇さんがいてくれるもの」

「そうだな。二人で親になっていこう、その子と一緒に家族になっていこう」

そう言って、昇さんは今までで一番幸せそうな優しい笑顔で私を見つめている。


私の名前は梶峰沙矢。


演技がド下手くそな大根役者だけど、ひょんなことから、超ハイスペックなＣＥＯの彼女役として、複数の女性を演じ分けることになり、その結果、大好きな旦那様と温かい家庭を手に入れることが出来ました。

ママとしてはこれからだけど、ますます幸せになりたいと思います！

この作品に対する皆様のご意見・ご感想をお待ちしております。
おハガキ・お手紙は以下の宛先にお送りください。

【宛先】
〒 150-6019 東京都渋谷区恵比寿 4-20-3 恵比寿ｶﾞｰﾃﾞﾝﾌﾟﾚｲｽﾀﾜｰ 19F
（株）アルファポリス　書籍感想係

メールフォームでのご意見・ご感想は右のＱＲコードから、
あるいは以下のワードで検索をかけてください。

アルファポリス　書籍の感想　検索

ご感想はこちらから

本書は､「アルファポリス」（https://www.alphapolis.co.jp/）に掲載されていたものを、
改題、改稿、加筆のうえ、書籍化したものです。

お見《み》合《あ》い代行《だいこう》のお相手《あいて》は、我《わ》が社《しゃ》のハイスペCEOでした。

濘 -NEI-（ねい）

2024年 4月 25日初版発行

編集－反田理美・森 順子
編集長－倉持真理
発行者－梶本雄介
発行所－株式会社アルファポリス
〒150-6019 東京都渋谷区恵比寿4-20-3 恵比寿ｶﾞｰﾃﾞﾝﾌﾟﾚｲｽﾀﾜｰ19F
TEL 03-6277-1601（営業） 03-6277-1602（編集）
URL https://www.alphapolis.co.jp/
発売元－株式会社星雲社（共同出版社・流通責任出版社）
〒112-0005 東京都文京区水道1-3-30
TEL 03-3868-3275
装丁・本文イラスト－倉吉サム
装丁デザイン－AFTERGLOW
（レーベルフォーマットデザイン—ansyyqdesign）
印刷－中央精版印刷株式会社

価格はカバーに表示されてあります。
落丁乱丁の場合はアルファポリスまでご連絡ください。
送料は小社負担でお取り替えします。

ISBN978-4-434-33748-2 C0093